De Profundis

Ein Erzählspiel in Briefform von Michal Oracz

Übersetzt und bearbeitet von Ralf Sandfuchs
Gestaltung und Layout von Lutz Winter
Nachwort gelettert von Katja Streckmann

AF211230

Ein Spiel aus *Krimsus Krimskrams-Kiste*
Unter Lizenz von *Portal Publishing*, Polen
© 2003 KrimsusKrimsKramsKiste
c/o Mark Sienholz, Barer Str. 65, 80799 München, www.krimsu.de

Druck: (Books on Demand GmbH), ISBN 3-932932-04-8

Der Traum

Hallo, alter Freund!

Ich musste dir einfach noch einmal schreiben, obwohl ich auf meinen
letzten Brief noch keine Antwort von dir erhalten habe. Aber in der
Zwischenzeit ist etwas vorgefallen, worüber ich dir einfach berichten
muss. Es ist eine seltsame Geschichte, soviel kann ich dir versichern.
Ich weiß gar nicht, wo ich anfangen soll. Du sollst auf keinen Fall
glauben, ich hätte den Verstand verloren.

Erinnerst du dich noch an unser Gespräch über Träume? Nicht diese
Allerweltsträume, die man Nacht für Nacht erlebt. Nein, ich spreche
von den besonderen Träumen, die so anders sind als die üblichen
Spiele, die das Unterbewusstsein mit uns treibt. Es ist schon einige
Jahre her, dass ich das letzte Mal eine solche Erfahrung hatte. Doch
jetzt ist es mir wieder passiert ...
Es war in der Nacht vom 20. auf den 21.Dezember. Ich habe geschlafen
und dabei einen Traum gehabt, aber er war so lebendig, so real, und
dabei auch gleichzeitig so außergewöhnlich, wie ich es noch nie zuvor
erlebt habe.
Ich war in einem Wald. Erinnerst du dich noch an die unermesslichen
Wälder bei Brudnice, in denen wir früher als Kinder in den Ferien
herumgestromert sind, wenn wir meine Großmutter besucht haben? Ich
glaube, ich habe von genau diesem Wald geträumt. Die Bäume erschienen
mir immer noch so gewaltig wie damals; sie waren so hoch, dass ihre
leeren skelettartigen Kronen sich in der Finsternis über mir verloren. Nebelschwaden waberten durch das Unterholz, wirbelten um meine
Füße und wanden sich um die knotigen Wurzeln, die aus der Erde empor
ragten. Unter meinen Füßen knisterten Laub und getrocknete Nadeln,
die in einem dicken Teppich den Boden bedeckten. Alle Pflanzen waren
mit einem grünlich-braunen Moos wie mit einem Teppich überzogen. Es
war kalt, mein Atem wurde sofort zu Dampf, wenn ich ausatmete, aber
ich fror trotzdem nicht.
Ich kann dir nicht sagen, was mich dorthin zog, aber ich ging immer
tiefer in den Wald hinein, ohne zu zögern oder an meinem Ziel zu
zweifeln. Ich ließ das Dorf meiner Großmutter hinter mir, und bald
war ich so weit in die Wildnis vorgedrungen, dass ich mich fragte,
ob ich wohl jemals wieder den Weg zurück finden würde. Als Kinder
hätten wir uns nicht einmal einen Bruchteil dieser Strecke in den
Wald hinein getraut.

Ich weiß nicht, wie lange ich immer tiefer in den Wald hinein gegangen
bin. Vielleicht waren es Stunden, vielleicht Tage. Die Bäume, an denen
ich vorbei ging, wurden immer älter, immer größer, immer bedrohlicher.
Jeder von ihnen wirkte wie eine uneinnehmbare Festung, die ein schreck-
liches Geheimnis in ihrem düsteren und nebelumflossenen Innern barg.
Doch eine geheimnisvolle Macht trieb mich weiter, lockte mich tiefer und
tiefer in den Wald hinein, ein hypnotischer, wundervoller Sirenengesang
voller Verlockungen und Versprechen. Eines Tages werde ich dir von all
den Dingen erzählen, die ich auf meinem Weg in die Tiefen des Waldes
gesehen habe, von all den Dingen, die sich mir unauslöschlich in Herz
und Hirn gebrannt haben. Für den Augenblick soll aber reichen, dass ich
schließlich mein Ziel erreichte, das mächtige Herz des Waldes, eine
undurchdringliche Masse geborstener Säulenstämme in der Mitte eines

grausigen Moores. Von hier waren die lockenden Stimmen gekommen, waren viele Kilometer weit durch die Luft gereist, bevor sie das alte Dorf am Rande des Waldes erreichten, in dem ich auf sie gewartet hatte.

Am Rand einer kleinen Lichtung, mitten in diesem vergessenen Moor, fand ich eine Hütte, errichtet aus modernden Stämmen und Ästen, die mit verrottenden Pflanzenfasern verbunden waren. Das Dach war gedeckt mit kleinen gebogenen Zweigen und schimmelndem Stroh. Die Stimme aus dem Moor wurde lauter, drängender, als wolle ... ETWAS mich zu sich locken, als suche es jemanden, mit dessen Hilfe es in die Welt zurück gelangen konnte, aus der es einst verbannt worden war.

Ich betrat die kleine Kate. In ihrem schattenumflossenen Innern sah ich einen krude zusammengehämmerten Tisch mit einem wackeligen Stuhl davor, sowie ein Lager aus groben Fellen und vor Schmutz starrenden Decken. An der Wand hing ein durchgebogenes Regal, auf dem sich schmierige Glasflakons, Bündel getrockneter Kräuter und einige gelbliche Blätter mit unleserlicher Schrift stapelten.

Meine Aufmerksamkeit wurde jedoch sofort von der alten Truhe in der Ecke des Raumes angezogen. Ich öffnete sie sofort, ohne das geringste Zögern. In ihrem Innern lag, auf einem Stapel abgetragener Lederkleidung, ein Buch. Ich nahm es heraus. Der dicke Einband bestand aus handgearbeitetem Leder, das über einen Buchdeckel aus undefinierbarem Material gezogen war. Auf dem Rücken des Buches waren einige Worte in das Leder gebrannt, vielleicht sein Titel: *De Profundis*.

Ich blätterte die ersten Seiten auf. Das Papier knisterte unter meinen Fingern, als wolle es jeden Moment zerfallen, wirkte aber bemerkenswert fest. Zunächst dachte ich, ich hätte ein Tagebuch vor mir. Als ich jedoch weiter blätterte, sah ich Tabellen mit Zahlen und Buchstaben, kryptische Formeln und seltsame Symbole vor mir. Ich brauchte einige Zeit, um zu verstehen, was ich in meinen Händen hielt, doch dann begriff ich: es war ein Spiel. Irgendjemand hatte sich in die Tiefen der Wälder zurückgezogen, hier, nahe der Ostgrenze Polens, um ein Spiel zu schreiben, ein unverständliches, unendlich komplexes und dennoch klares und einfaches Spiel. Ein Einsiedler - von der Welt abgeschnitten, selbst von den einfachen Menschen, die das nächste Dorf bevölkerten - hatte etwas niedergeschrieben, dem er den Titel *De Profundis* gab. „Aus der Tiefe". Was für ein gestörtes Wesen mag er wohl gewesen sein? Hatten ihm die Stimmen, die auch mich an diesen Ort gezogen hatten, dieses Werk in die Feder diktiert, oder entstammte es seinem eigenen fiebrigen Geist? Ich war mir inzwischen nicht mehr so sicher, ob dies alles nur ein Traum war. Ich erschauerte vor Unbehagen, aber auch Erregung, während ich das Manuskript eines Wahnsinnigen in meinen zitternden Händen hielt.

Dann wachte ich auf.

Du kennst wahrscheinlich dieses schreckliche Gefühl des Verlustes, wenn du im Traum den größten Schatz der Welt gefunden hast, nur um beim Erwachen zu bemerken, dass du ihn wieder verloren hast. Genau so ging es mir in diesem Moment. Ich spürte ein Gefühl der Leere, des Verlangens nach dem Unerreichbaren, das mein Innerstes bis heute zerfrisst. Ich muss sie niederschreiben, die Texte aus diesem Buch, das ich einen Moment lang in meinen Händen hielt, irgendwo in den Tiefen des Traumwaldes. Ich weiß nicht, an wie viel ich mich noch erinnern werde, doch vielleicht ist es ja wahr, dass es Dinge gibt, die man nur einmal sehen muss, bevor sie sich unauslöschlich in den Tiefen des eigenen Unterbewusstseins festsetzen. Ich hoffe, dass es wirklich so ist, denn seit einer Woche kann ich kaum noch an etwas anderes

als an dieses mysteriöse Buch denken. Es vollständig niederzuschreiben
würde sicherlich Dutzende von Menschen über Jahre hinweg beschäftigen,
aber ich werde versuchen, zumindest einen Anfang zu machen. Ich habe
damit begonnen, mir Notizen zu machen, um meine Erinnerungen und Gedanken ein wenig zu ordnen, und in meinem nächsten Brief kann ich dir
vielleicht schon etwas mehr sagen, so dass du eine ungefähre Vor-
stellung von dem bekommst, was der Einsiedler im Moor hinterlassen hat.
Dabei werde ich aber wohl zunächst die Regeln weglassen, an die ich
mich noch erinnere, und ich werde auch nicht auf die unklaren und
bizarren Zusammenhänge eingehen, die er zwischen dem Spiel und unserem
täglichen Leben sieht; ich gebe zu, diese Teile sind in meinen
Erinnerungen noch etwas wirr, aber vielleicht werde ich sie später noch
verstehen.
Eine Sache weiß ich hingegen jetzt schon: hier geht es um weit mehr
als nur um ein Spiel. Ich wage kaum daran zu denken, welches Geheimnis
dieses Buch wirklich birgt. Sobald ich die Augen schließe, glaube ich
wieder diese verlockenden Klänge aus den Tiefen des Waldes zu hören,
die Stimme von *De Profundis*.
Doch genug jetzt ... Du hörst wieder von mir, sobald ich mehr weiß.

Bis bald also,

Michael

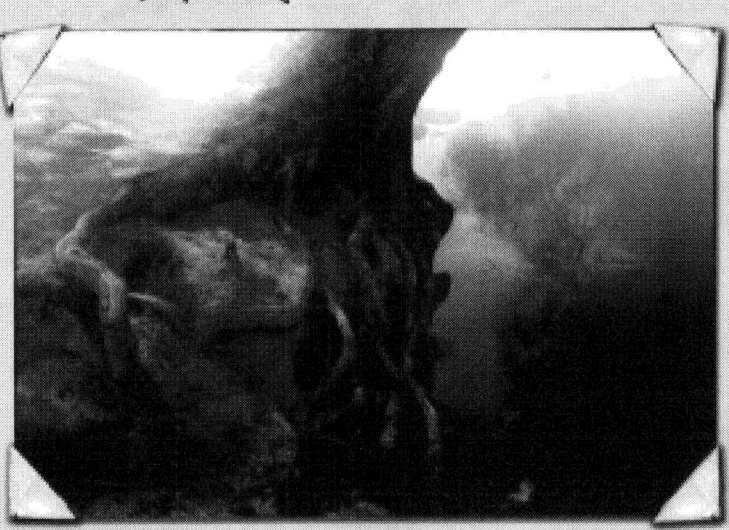

Rollenspiel

Hallo, Ralf!

Ich habe einige Tage freigenommen. Und ich habe die Zeit genutzt, um mich auszuruhen; ich habe wirklich lange und gut geschlafen. Keine wilden Träume mehr. Ich weiß nur nicht, ob ich darüber enttäuscht bin oder ob ich mich freuen soll. Auf jeden Fall habe ich viel Zeit zum Schreiben gehabt. Und zum Nachdenken. Sag mal, hast du dich in der letzten Zeit eigentlich noch mit Rollenspielen beschäftigt? Weißt du noch, wie wir damals nächtelang zusammen gesessen haben, um uns durch irgendwelche Labyrinthe durch zu schlagen, die nur in unseren Köpfen und als Kritzeleien auf irgendwelchen Rechenblättern existiert haben? Ich habe diese Blätter immer noch zuhause, ganze Stapel von ihnen, oben in meinem Arbeitszimmer. Heute, nach all den Jahren sind diese naiven Skizzen und Zeichnungen alt und vergilbt und sehen fast wie echte Karten von ausgesprochen realen Labyrinthen aus. Weißt du, irgendwie denke ich immer häufiger, dass dieser Gedanke vielleicht gar nicht so weit hergeholt ist.

Wenn ich es mir abends mit einer Tasse dampfendem Kaffee gemütlich mache und mir diese alten Karten beim Licht einer einsamen Leselampe ansehe, versetzen sie mich wirklich an einen anderen Ort. Sie führen wirklich in Labyrinthe hinein - in Irrgärten des Geistes, gebildet von den verschlungenen Pfaden der Erinnerung. Vielleicht zeigen sie uns sogar einen Weg zu den Geheimnissen, die in den Herzen derer existieren, die nicht einfach nur Rollenspieler sind, sondern in Wirklichkeit einer anderen Gattung angehören, einer ganz besonderen Art von Träumern, die auf ewig eine andere, eine verborgene Welt hinter unserer grauen Realität suchen.

Manchmal frage ich mich, was über mich gekommen ist ... ich habe dir doch von diesem seltsamen Traum geschrieben, und von dem Spiel, das mich so fasziniert hat, dass ich den Gedanken daran selbst in den Tagen danach kaum abschütteln konnte. So fasziniert, dass ich es sogar in Teilen neu erschaffen will. Nun, was wäre, wenn es einmal jemand veröffentlichen würde? Ich schätze mal, man würde es wohl ein Rollenspiel nennen, würde es mit all den Spielen über einen Kamm scheren, in denen man seine wilden Phantasien und Wunschträume ausleben kann. Vielleicht würde man auch soweit gehen, es ein New-Wave-Spiel zu nennen, um es besser verkaufen zu können. Kannst du dir das vorstellen? Und ausgerechnet ich alter Sack hätte dann etwas mit dieser New Wave zu tun!

Manchmal, wenn ich an dem Spiel arbeite, erfasst mich ein seltsames Gefühl, als ob jemand in mein Ohr flüstert. Hast du schon mal von „automatischem Schreiben" gehört? Wenn ein Mensch sich einfach hinsetzt und etwas niederschreibt, ohne zu wissen, was es ist oder auch nur zu verstehen, was er zu Papier bringt? Um so etwas muss es sich auch hierbei handeln. Oder zumindest um etwas ähnliches, denn ich muss schon noch meinen eigenen Kopf dabei benutzen.

Ich werde versuchen, dir das Spiel in meinen nächsten Briefen noch genauer zu beschreiben. Ich bin gespannt, was du dazu sagst. Ich werde das Gefühl nicht los, dass ich auf der Suche nach einem Schlüssel bin, nach einem ganz bestimmten Schlüssel, der zu einer verborgenen Tür im Innern meines Kopfes passt. Und sobald ich diese Tür aufstoße, fällt das Spiel einfach heraus, vollständig geschrieben und illustriert, sozusagen druckbereit. Ich glaube, es ist schon irgendwo da oben, doch im Augenblick kann ich nur durch ein Schlüsselloch einen verstohlenen Blick darauf werfen. Ich fühle, dass ich dem Schlüssel näher komme, ihn aber noch nicht wirklich greifen kann. Alles, was ich habe, sind Fragmente, kurze Augenblicke, kleine Fetzen des Ganzen, die ich zu fassen bekomme und dann wieder zu einem Ganzen zusammen baue, wie bei einem zerrissenen Foto. Noch passt das Puzzle nicht ganz zusammen, aber ich weiß, dass die Teile zu einem zusammenhängenden Ganzen gehören. Vielleicht weiß ich beim nächsten Mal schon mehr. Jetzt werde ich erst einmal schlafen gehen ... und vielleicht träumen?

Dein Freund Michael

De Profundis

Ralf!

Ich weiß es jetzt. Das Spiel trägt seinen Namen zu Recht. *De Profundis*. Aus der Tiefe. Ich habe wieder geträumt. Das heißt, eigentlich waren es gar keine Träume, sondern eher Visionen. Ich sah, wie ES geboren wurde und wie ES aus der Finsternis empor kroch, bis zu den Grenzen des Lichts, bis an den Ort, an dem ES ohne Hilfe noch existieren kann.

Viele Menschen, vor allem viele Rollenspieler und Horror-Fans, versuchen einen Blick auf die andere Seite der Wirklichkeit zu erhaschen. Sie wollen dem Wahnsinn ins Auge sehen, sie wollen hinter den Horizont der Wirklichkeit blicken. *De Profundis* wird ein Tor für sie werden; es wird ihnen geben, was sie suchen. Ich bin nicht mehr als ein Werkzeug, denn das ... Ding, das die Wünsche und Begehrlichkeiten dieser Suchenden in sich aufnimmt, ist aus dem Abgrund empor geklettert. *De Profundis* ist ein verdammtes, ein verfluchtes Spiel, das niemals ans Tageslicht kommen darf. Aber ich bin sicher, dass trotzdem genau das bald geschehen wird. Manchmal liege ich mit mir selbst im Streit, kämpfe mit diesem DING, das in der Nacht in meine Ohren flüstert, dessen Stimme ich ganz in der Nähe der tiefsten Brutstätte meiner Gedanken wispern höre. Ich habe die Hoffnung, dass du ES aufhalten wirst, wenn es mir nicht gelingt, mich seiner Macht zu widersetzen. Du wirst verhindern, dass seine schmutzige Berührung die sorglosen Träumer von meiner Art verseucht, auf ihrer ewigen Suche nach dem Reich der Freude, das auf der anderen Seite der Berge am Horizont liegt.

Halte dieses Ding, das sich heute als *De Profundis* ausgibt, davon ab, unsere Welt zu betreten! Es führt mich wie eine Marionette, macht sich lustig über meine kläglichen Versuche, seiner Macht des kriechenden Wahnsinns zu widerstehen. Je mehr ich dagegen ankämpfe, desto mehr wird es geboren. Jedes Wort der Warnung, das ich an dich richte, wird zu einem Instrument von *De Profundis*.

Was hat es vor? Ich wage kaum darüber nachzudenken. Wahnsinn ist ansteckend; du weißt das. Und dieses Buch ist der konzentrierte Wahnsinn. Irgendwann wird mein Widerstand erlahmen, und die Idee von *De Profundis* wird völlige Macht über mich gewinnen. Ich muss schreiben, muss dieses gotteslästerliche Werk neu erschaffen, muss ihm dienen. Ja, ich MUSS dieses Spiel schreiben. Es ergreift mehr und mehr von mir Besitz.

Wo ist die Furcht vor dem Unbekannten, die Besorgnis im Angesicht des Unbegreiflichen? Alles, was ich heute noch tue, ist schreiben, denken, erschaffen. Ich wäge die Details meines Werkes ab. Ich zeichne Tabellen, überprüfe sie wieder und wieder. Die Vision meines Traums, die Idee des Spiels in ihrer simplen Vollkommenheit verfolgt mich in jeder Sekunde. Diese Vision war es, die mich ängstigte, als ich anfing, das Spiel niederzuschreiben. Selbst damals konnte ich mit einem Teil meines Geistes das Ende sehen, den schrecklichen Epilog von *De Profundis*, geschrieben nicht auf Papier, sondern auf den Blättern des Lebens. Es ist schrecklich: ich kann selbst jetzt sehen, wie mein eigenes Werk in eben diese Richtung kriecht, langsam und doch nicht aufzuhalten mit meinen erbärmlichen Kräften.

Du weißt, dass ich schon immer die Werke von H.P. Lovecraft und seiner Brüder im Geiste verschlungen habe. Manchmal glaube ich fast, dass ich damit anfing, als ich geboren wurde, bevor ich überhaupt lesen konnte.

Vielleicht habe ich es nur mit einer einfachen Hypersensibilisierung zu tun, einer Art selbstgeschaffener psychologischer Krise; vielleicht muss man auch den Einfluss dieser Geschichten für meinen momentanen Zustand verantwortlich machen. Trotzdem, ich bin mir ziemlich sicher, dass Lovecraft versteckte Warnungen zwischen den Zeilen seiner Arbeit verbirgt, Warnungen, die nur ein Eingeweihter erkennen kann.

Aber ich war mir nicht ganz sicher. Also habe ich mir einen Band seiner Geschichten

genommen, irgendeinen, ohne hinzusehen. Ich habe ihn auf irgendeiner Seite aufge-
schlagen, und was sah ich? Der Sonderling aus Providence schrieb von verbotenen
Äonen, die dich erschauern lassen, wenn du an sie denkst, und die dich wahnsinnig
machen, wenn du von ihnen träumst. Und dann sah ich den Satz:

*Jener Blick, wie jeder furchtbare Blick auf die Wirklichkeit, blitzte aus einem
zufälligen Zusammenspiel verschiedener Dinge auf - in diesem Fall ein alter
Zeitungsbericht und die Aufzeichnungen eines verstorbenen Professors. Ich hoffe, dass
niemand sonst dieses Zusammenspiel vollenden wird; jedenfalls werde ich, so ich denn
überlebe, niemals wissentlich ein Glied zu einer so entsetzlichen Kette liefern.*

Sag selbst, ist das nicht ein Hinweis? Eine Warnung? Aber trotz dieser Mahnung gra-
ben wir tiefer und tiefer, so wie ich jetzt, so wie viele andere es ständig tun.
Lovecraft wusste etwas über diese Welt, was anderen verborgen blieb, und er wusste es,
auch wenn er immer vorgab, einfach nur ein normaler Schriftsteller zu sein. Manche
seiner Leser haben verstanden, was er mit seinem Werk wirklich aussagen wollte, doch
viele andere versuchen bis heute noch immer, das schmierige Fenster frei zu wischen,
um die Wahrheit dahinter zu erkennen, schrecklich und unbegreiflich. Die Kette
bekommt immer neue Glieder. Die Seuche verbreitet sich, selbst durch einen Brief wie
diesen, durch eine neue Geschichte in einem neuen Buch.
Welche Wesenheiten aus der Welt jenseits der unseren drängen sich in diese Wirklichkeit? Sie kämpfen sich aus der Finsternis ins Licht empor, verschlingen ihre Opfer
und benutzen sie als unwissende Instrumente für ihre grässlichen Ziele. Lovecraft
schrieb über schreckliche Bücher, Folianten des Wahnsinns, aber es sind seine Bücher,
nicht die irgendeines verrückten Kultisten, die die Seuche der geistigen Umnachtung
verbreiten.
Wenn es nicht bereits zu spät wäre, würde ich versuchen, mich wieder aus dieser
heimtückischen Falle zu befreien. Aber dafür sind die Ereignisse wohl schon zu weit
fortgeschritten.
Rette du dich, bevor es zu spät für uns beide ist!
Lebwohl!

Michael

Die drei Säulen

Hallo, Ralf!
Wahrscheinlich hast du gar nicht mehr damit gerechnet, irgendwann noch einmal von mir zu hören, oder? Mein Gott, was habe ich in meinem letzten Brief
bloss alles geschrieben? Ich hoffe, du verzeihst mir meine wirren
Phantastereien; ich war komplett überarbeitet und habe mir dann noch zu
allem Unglück irgendwo eine Grippe oder einen Virus eingefangen. Ich bin
fast eine Woche lang nicht aus dem Bett gekommen, mit 40° Fieber, habe nur
noch geschwitzt und phantasiert. Aber jetzt ist das Fieber weg, und mit ihm
auch all die verrückten Wahnvorstellungen, die von der Krankheit ausgelöst
wurden. Ich habe ja immer gedacht, dass Lovecrafts Werke nicht einfach bloß
Gruselgeschichten sind, sondern viel mehr als das. Und es scheint fast
so, als ob alles, was mit Lovecraft zu tun hat, sich ständig an der Grenze
zum Wahnsinn bewegt, sich mit einem Schrecken aus einer „Welt jenseits
unserer Welt" beschäftigt. *De Profundis* hat in mir einen Nerv berührt, mich
aufgewühlt, hat mich an Lovecrat und seine kosmischen Schrecken gemahnt.
Dennoch, es mag wirklich ein seltsames Spiel sein, aber es ist eben wirklich nur das: ein Spiel. Und genau darüber wollte ich dir mehr erzählen,

nicht über irgendwelche wirren Wahnvorstellungen. Es tut mir sehr leid,
wenn ich dich beunruhigt habe. Von daher, lass uns einfach zurück kommen
zum eigentlichen Thema meines Briefes, zu dem Spiel selbst. Wie kann ich es
dir erklären? Stell dir einen Baum vor, mit vielen Zweigen, der sich auf
drei Beinen vorwärtsbewegt, eine groteske und doch grausige Parodie der
eigentlichen Pflanze. So stelle ich mir *De Profundis* vor. Es besteht aus
drei Teilen oder besser gesagt, es ruht auf drei Säulen: die erste Säule
sind die *Briefe aus dem Abgrund*, die zweite ist *Phantasmagoria*, und die
dritte Säule ist *Der Einsiedler*. Sie sind untrennbar miteinander verbunden,
und erst aus ihrer Gesamtheit entsteht das Spiel. Man könnte sagen, dass
sie aufeinander folgende Stufen oder Ebenen darstellen, doch sie vermischen
sich auch und stützen sich gegenseitig. Ich habe vor kurzem ein Bild in
einer Zeitschrift gefunden, das mich ebenfalls an *De Profundis* erinnerte:
eine Karaffe, die auf drei Messern ruht, die wiederum auf drei Gläsern liegen. Die Karaffe ist unser Geist; zerbrechlich und doch fest stehend, doch
wenn man ihn nur ein wenig falsch behandelt, wird er von seiner Basis stür-
zen und auf dem harten Untergrund zerschellen. Ich fand das Bild faszinie-
rend.

Aber zurück zu den drei Büchern. *Briefe aus dem Abgrund* ist das eigentliche
Spiel, und die beiden anderen Teile stellen dann zusammen die komplexere
Weiterführung des Spieles dar, obwohl sie gleichzeitig auch seine Grundlage
darstellen. Wenn du mich nach einem Begriff fragst, der *De Profundis* definiert, würde ich es wohl als „Brief-Psychodrama" bezeichnen, zumindest,
solange wir vom ersten Buch sprechen. Ein Spiel, bei dem es darum geht,
sich in Briefform in einen anderen Menschen hinein zu versetzen. Denk jetzt
aber bitte nicht, dass es sich einfach nur um ein normales Briefspiel handelt, du weißt schon, eines dieser Play-by-Mails, bei denen man in einem
Brief erklärt, was das spielerische Alter Ego in einer anderen Welt tut.
Nein, *De Profundis* ist viel mehr als das. Überleg dir nur folgendes: wenn
du dich mit einem normalen Briefspiel befasst, kann es dich wahnsinnig
machen? Das Ding hatte seine Gründe dafür, sich in Form eines Psychodramas
zu manifestieren. Ein solches Spiel funktioniert wie eine Operation am
offenen Gehirn. Ein Psychodrama kann Menschen in den Mahlstrom des
Wahnsinns ziehen und sie wie Puppen darin herum schleudern; es führt sie in
einen irren Tanz nach einer Musik, die aus dem Nirgendwo zu uns dringt.
Moment mal ... entschuldige, aber da ist wohl wieder meine Phantasie etwas
mit mir durchgegangen. Ich denke, das hängt irgendwie mit dem Thema dieses
Spiels zusammen; ich habe mich vielleicht auch schon zu lange damit befasst. Du kennst mich ja; wenn ich irgendetwas mache, gehe ich mich immer mit
vollem Einsatz darauf los. Denk dir also am Besten nichts dabei, wenn ich
irgendwann mal wieder mit solchen Bemerkungen daher komme; du weißt ja, wo
sie her kommen.
Zurück zum Thema: *De Profundis* besteht aus drei verschiedenen Arten von
Psychodrama. Neben der ersten Art (Brief-Psychodrama) gibt es noch zwei
andere Arten: Feld- und Solo-Psychodrama.
Aber dazu werde ich dir später noch mehr berichten. Jetzt muss ich jedenfalls erst mal Schluß machen. Hier zieht gerade ein gewaltiger Sturm auf.
Der Himmel ist ganz grau und schwer, und die ersten Regentropfen klatschen
gerade ans Fenster. Ich will diesen Brief heute noch losschicken, also
werde ich hier erst mal Schluss machen und zur Post laufen, bevor es
draußen richtig losgeht. Nächstes Mal schreibe ich dir dann den Rest.

Dein

Michael

Psychodrama

Lieber Ralf,

in deinem letzten Brief hast du geschrieben, dass du nicht genau weißt, was du dir unter dem Begriff „Psychodrama" vorstellen sollst. Nun, ich denke, das muss ich dir wohl erklären, wenn wie sollen wir später über Brief-, Feld-, Solo- und andere Formen von Psychodrama reden, wenn du nicht einmal weißt, worum es bei dieser Art von Spielen überhaupt geht? Psychodrama ist so etwas ähnliches wie ein Rollenspiel, aber man braucht keinen Spielleiter, keinen festgelegten Erzähler dafür. Die Spieler erschaffen alles selbst, von ihren Spielfiguren über die eigentliche Handlung bis hin zur Welt ihres Spiels. Jeder Teilnehmer ist Spieler und Spielleiter, Schauspieler und Drehbuchautor, Autor und Leser in einer Person, zur gleichen Zeit. Man braucht nichts, um ein Psychodrama zu spielen. Keine komplexe Beschreibung irgendeiner Spielwelt, kein Regelwerk, nach dem man seine Spielfigur erschafft, nicht einmal eine vorgegebene Geschichte, die man nachspielt.

Die Spieler versammeln sich einfach in einem dunklen Raum und schließen die Augen. Danach beginnt einer der Spieler mit der Beschreibung eines Ortes. Alle Teilnehmer begeben sich nun in Gedanken dorthin, und einer der Spieler (es muss nicht der gleiche sein wie zuvor) erzählt den Anfang einer Geschichte, die an eben diesem Ort beginnt. Die anderen Spieler können jederzeit eingreifen und das Abenteuer fortsetzen, dessen Hauptdarsteller sie selbst sind. Jeder trägt einen Teil zu der gemeinsamen Geschichte bei, manchmal wie ein Sprecher in einem Hörspiel, manchmal wie ein Schriftsteller, der Ereignisse oder Plätze beschreibt. Die Geschichte wird von mehreren gleichberechtigten Erzählern gemeinsam erschaffen, von daher ändert sie sich immer wieder, und niemand kann vorhersagen, wohin die gemeinsam erfundene Handlung die Spieler und die von ihnen geschaffenen Personen führen wird. Mit geschlossenen Augen, ständig gezwungen, ihre eigenen Vorstellungen und Visionen mit denen der anderen Spieler zu vergleichen, die Handlungsstränge der anderen Teilnehmer fortzuführen und weiterzuentwickeln, kommen die Spieler immer näher an die Grenze zum Traum, und bald werden sie die Szenen ihres Spiels beinahe vor sich sehen können. Es geht dabei jedoch nicht um das Vortäuschen von irgendwelchen tieferen Geisteszuständen; mit fortschreitender Dauer führt das Spiel die Spieler automatisch in immer tiefere Sphären des eigenen Unterbewusstseins, bis sie am Ende von ihren eigenen Phantasien und Ängsten übermannt werden, wie es sonst nur im Schlaf geschieht.

Nachdem das Psychodrama sein Ende gefunden hat, sind die Spieler meistens überrascht von dem Weg, den die Geschichte genommen hat, und brauchen viel Zeit, um das Erlebnis wieder abzuschütteln. Es ist eine wirklich faszinierende Erfahrung!

In meinem nächsten Brief werde ich dir mehr über die Einzelheiten des Spiels erzählen; es ist an der Zeit, dass *De Profundis* lebendig wird. Du sollst lernen, wie man das Tor durchschreitet, das uns hinter die unnachgiebige und starre Realität führt. Du sollst erfahren, wie biegsam und vergänglich unsere Welt in Wirklichkeit ist.

Wenn du das nicht wagst oder dich lieber nicht damit befassen möchtest, dann öffne meine nächsten Briefe nicht. Verbrenn sie und wirf die Asche fort. Aber für mich gibt es keinen Weg zurück. Ich werde mich weiter mit *De Profundis* beschäftigen. Es ist so unglaublich ...

Michael

DAS ERSTE BUCH
Briefe aus dem Abgrund

H.P. Lovecraft und eine Idee

Hallo Ralf!

Dein Brief hat mir Mut gemacht, zeigt er mir doch, dass ich mit meinem Interesse an den tieferen Geheimnissen von De Profundis nicht allein da stehe. Aber ehrlich gesagt hatte ich von Dir auch nichts anderes erwartet. Ich habe mich auf jeden Fall in den letzten Tagen noch ein wenig eingehender mit meinen Erinnerungen an De Profundis beschäftigt. Weißt du, was mich an dem Buch am meisten gewundert hat?

Der Mann aus dem Moor hat über viele Dinge geschrieben, mit denen ich schon vertraut war. Hin und wieder tauchten auf den vergilbten Seiten die Namen der verfluchten Kreaturen auf, die H.P. Lovecraft in seinen Werken immer wieder erwähnt. Darum könnte man zunächst wohl auf den Gedanken kommen, das Spiel sei einfach nur ein Konglomerat Lovecraftscher Ideen. Es waren aber auch andere Namen darin, Namen, die ich noch nie gehört habe.

Was kann das bedeuten? Ich beginne mich zu fragen, ob Lovecraft die blasphemischen Wesen, über die er geschrieben hat, wirklich einfach nur erfunden hat, oder ob er vielleicht wirklich etwas gewusst hat. Und wenn seine Erzählungen wirklich sein Wissen um die wahre Natur der Realität und seine Reaktion darauf widerspiegeln, wo liegt dann die Trennlinie zwischen Wahnsinn und Wirklichkeit?

Eins ist mir inzwischen klar geworden: das Spiel, über dem ich brüte und das ich aus meinen verlorenen Träumen wiederherzustellen versuche, basiert zumindest zu einem Teil auf den Werken des Sonderlings aus Providence, aber auch auf dem seiner Gefolgsleute, seiner Epigonen und Nachfolger.

Ich denke, die Quintessenz des unbeschreiblichen Spiels, das ich als De*Profundis kennen gelernt habe, ähnelt in bemerkenswerter Weise den wichtigsten stilistischen

Eigenheiten Lovecrafts. Seine Geschichten und Bücher enthalten zwar auch Beschreibungen von Ereignissen und Handlungen, bestehen jedoch in mindestens ebenso großem Umfang aus Briefen und Tagebüchern, den selbst zu Papier gebrachten Geschichten und Geständnissen der Protagonisten. Sie werden scheinbar wörtlich und in voller Länge zitiert, präsentieren manchmal seitenlange Geständnisse und Überlegungen. Die Erzählungen sind häufig vor allem Bekenntnisse, die Offenlegung der inneren Zustände und Ängste, der Wahnvorstellungen oder Einsichten der Charaktere. Immer wieder findet man in ihnen auch angeblich echte Dokumente oder Zeitungsartikel, Verweise auf größere Schriftstücke, Bücher oder Folianten, die noch tieferen Einblick in den Wahnsinn der Wirklichkeit offenbaren könnten. All diese Dinge sind es, aus denen Lovecrafts Geschichten bestehen – darin liegt ihre Essenz, ihr Innerstes. Sie sind der Kern ihrer unheimlichen Atmosphäre und ihres Realismus, ihrer geheimsten Wahrhaftigkeit trotz des Wahnsinns, der sich in ihnen abspielt. Die Hauptfiguren dieser Geschichten sind allein; sie müssen dem Schrecken, der Furcht und dem Wahnsinn ohne Hilfe entgegen treten, während die ihnen bekannte Welt um sie herum zu Staub zerfällt, im Vergessen versinkt, wenn sie nur irgendwann die Wahrheit entdecken.

Ich weiß nicht, ob der Autor des De Profundis aus meinem Traum das Konzept des Rollenspiels kannte – aber wir kennen es. Wir haben Lovecrafts Geschichten nacherlebt, sie am Spieltisch mit einem Teilleben erfüllt. Wie oft haben wir an Abenteuern teilgenommen, die auf der für alle wahrnehmbaren Komponente von Lovecrafts Werk basierten, den Handlungen der Charaktere in ihrer scheinbar wirklichen Welt. Diese Betonung auf die Äußerlichkeiten der Welt Lovecrafts führte dann dazu, dass wir unsere Spielfiguren zu wandernden Waffenarsenalen machten. Sie sollten in der Lage sein, eine endgültige, vor allem aber eine greifbare Lösung für ein greifbares Problem zu finden.
Ich habe mich in den letzten Wochen immer wieder gefragt: ist das wirklich das Ziel bei einer spielerischen Darstellung der Ideen, die dem Werk Lovecrafts innewohnen? Ich finde, es ist an der Zeit, sich um die andere Seite zu kümmern: die psychologischen Erfahrungen des vom Schrecken gepeinigten Geistes, das Tasten des Verstandes nach Lösungen für wirkliche Geheimnisse, das Erfahren unbeschreiblicher Dinge, die das innerste Selbst der Charaktere in diesen Geschichten voller Wahnsinns berührt haben.

Wie die Charaktere bei Lovecraft, so ist auch der Spieler bei De Profundis allein. Waffen und Ausrüstung braucht er nicht; weder er selbst noch seine Figur im Spiel, die wir in Anlehnung an normale Rollenspiele ruhig seinen „Charakter" nennen wollen. Er braucht nur seinen Geist, seine Phantasie, seine Vorstellungskraft. Die Konzentration auf andere Dinge wie Waffen oder besondere Gegenstände würde doch nur dazu führen, den Geist Lovecrafts zu zerstören, auf dem ein Spiel wie De Profundis beruht. Vielleicht fragst du dich, wovon ich überhaupt rede, und ich denke auch, dass es jetzt an der Zeit ist, dass du erfährst, was De Profundis überhaupt bedeutet.

De Profundis bedeutet Briefe zu schreiben.

Es bedeutet, das zu SEIN, was wir uns immer nur vorgestellt haben.

Es bedeutet, die Grenze zwischen Spiel und Realität zu verwischen.

De Profundis bedeutet Psychodrama.

Stell es dir so vor: Briefe aus dem Abgrund zu verfassen bedeutet nicht, dass man für ein Briefspiel schreibt. Es bedeutet, dass man das Briefschreiben spielt. Du handelst als ein anderer Charakter, der Briefe schreibt, die im Ton und in der Atmosphäre jenen ähneln, die wir aus den Geschichten von Lovecraft kennen, aus Mary Shelleys Frankenstein oder Bram Stokers Dracula. Bei De Profundis wird die Geschichte, die wir gemeinsam erzählen wollen, vor allem in den Geistern der Charaktere stattfinden, die auf unbegreifliche, geheimnisvolle Mächte stoßen; über VIELE Briefe hinweg, über Wochen oder Monate. Sie schreitet langsam fort, subtil, voller kleiner Details und Nuancen. Der beste Weg, um sich diese Art zu schreiben anzueignen, ist sicherlich, sich die Geschichten und Romane Lovecrafts und anderer Autoren aus dem 19. und frühen 20.Jahrhundert vorzunehmen. Hast du eigentlich jemals Dracula gelesen? Ein hervorragendes Buch, und ein gutes Beispiel dafür, wie De Profundis sein kann. Es besteht nur aus Briefen und Tagebucheinträgen und erweckt dadurch den unheimlichen Eindruck, dass es sich um eine Sammlung authentischer Dokumente handelt.

Und genauso werden wir auch vorgehen, wenn wir spielen. Die beteiligten Charaktere werden in ihren Briefen all die seltsamen Dinge beschreiben, die um sie herum vorgehen. Sie werden Geheimnisse enthüllen, die sie in alten Büchern entdeckt haben, werden über die Ergebnisse ihrer Nachforschungen und Überlegungen berichten. Aber davon werde ich dir in einem späteren Brief berichten, wenn du weißt, wie du dir selbst einen solchen Charakter erschaffen kannst.

Bevor wir nämlich weiter in diese Richtung gehen, wollen wir noch einmal zurück kommen zum „Psychodrama". Du hattest mich in Deinem Brief gefragt, wie meine Erfahrungen diesbezüglich aussehen. Eins ist klar: man kann damit extrem tiefgehende und erschreckende Erlebnisse haben, aber es erfordert auch eine große Anstrengung, gar nicht zu reden von der Schwierigkeit, die eigenen Hemmschwellen zu überwinden, um sich in den offenen Zustand zu versetzen, der für das Spiel notwendig erscheint. Allein diese Hemmschwellen machen ein flüssiges Spiel für manche Menschen schier unmöglich. Sie wagen es einfach nicht, sich einem solchen spirituellen Exhibitionismus vor den Augen anderer hinzugeben, live, ohne doppelten Boden, fast wie auf einer Bühne vor einem unbekannten, vielleicht sogar feindseligen Publikum.

Bedeutet das, dass die Türen zum Psychodrama ihnen verschlossen bleiben müssen? Nicht wirklich! Nicht mehr! Sie brauchen jetzt nicht mehr der Erfahrung beraubt werden, die Psychodrama ihnen bietet.

Denn an dieser Stelle kommt De Profundis im wahrsten Sinne des Wortes ins Spiel. Denn mit ihm kann jeder ein Psychodrama erleben, wenn auch in etwas anderer Form, nicht in der Schutzlosigkeit einer „Bühne", sondern in der Sicherheit der eigenen vier Wände. Trotzdem bleibt die intime Beziehung der Spieler untereinander erhalten.

Darüber hinaus ist seit ewigen Zeiten allgemein anerkannt, dass ein geschriebener Brief einen viel tieferen Kontakt zwischen zwei Menschen bedeutet als ein direktes Gespräch unter vier Augen. Sieh dir nur unsere Briefe als Beispiel an, deine und meine. Wie oft haben wir dort tiefgehende persönliche Probleme diskutiert, die nie in einem unserer Gespräche aufgetaucht wären? Im direkten Aufeinandertreffen können wir uns nicht überwinden, so offen miteinander zu sprechen; es gibt zu viele Hemmungen, trotz der vielen Jahre, die unsere Freundschaft bereits dauert. Und hoffentlich auch noch dauern wird!

Mit freundschaftlichen Grüßen, *Michal*

P.S.: Eins wollte ich Dir übrigens nicht vorenthalten: ich habe bereits meinen ersten De Profundis-Brief geschrieben. Allerdings habe ich dem Adressaten noch nicht erklärt, worum es bei diesem Brief wirklich geht (und ich werde dir auch nicht sagen, um wen es sich dabei handelt), darum bin ich sehr gespannt auf seine Antwort.
Ich fühle mich, als würde ich in einen wilden Mahlstrom gesogen, den der Einsiedler aus dem Sumpf aufgewirbelt hat. Sein Spiel hat meine Augen für die wirkliche Form der Welt um uns herum geöffnet. Aber glaub mir, es handelt sich dabei nicht um eine Geisteskrankheit. Zumindest hoffe ich das...

H.P.Lovecraft – Das Universum und der Mythos

Lieber Ralf!

Es ist inzwischen feucht geworden draußen. Die wenigen verbliebenen Haufen der ehemals weißen Pracht über der Landschaft verwandeln sich binnen Stunden in schmutzigen Schnee-matsch. Wässrige, graue Wolken schweben am Himmel neben einer bleichen, verschleierten Sonne. Es wird schnell dunkel, wenn der Schnee in diesen Momenten fällt: ein feuchter, stickiger Sturm, der sich wie ein kaltes Tuch auf deine Atemwege legt. Man kann kaum weiter sehen als im dichten Nebel. Das Licht aus meinem Fenster beleuchtet nur das Ge-wirr der schwirrenden Flocken. Und mitten in diesem Grau lauert ES. Wenn ich durch die Straßen gehe oder im Bus sitze, bemerke ich die flüchtigen Blicke der Leute um mich herum. Das sind diejenigen, die Bescheid wissen, die warten.

Achte genau auf deine Umgebung, denn auch du bist jetzt ein Teil davon.
Ich gebe zu, ich bin mir nicht mehr sicher, inwieweit ich mich von der Atmosphäre mitreißen lasse und inwieweit ich mich mit Mächten eingelassen habe, die zu verstehen mehr erfor-dert, als unser begrenzter menschlicher Verstand zu leisten vermag. Manchmal denke ich, ich lebe nicht mehr in der wirklichen Welt, sondern an einem anderen Ort in meiner Ein-bildung, einem Ort, der direkt einem unserer phantastischen und manchmal auch erschre-ckenden Spiele entstammt. Und nun hast auch du dich entschlossen, diese Grenze zu über-schreiten und alles mit anderen, wissenden Augen zu betrachten. Nun denn, es ist deine Entscheidung, aber ich erinnere dich noch einmal daran, dass De Profundis ein Tor in den Wahnsinn ist, auch wenn es nichts weiter als ein Spiel zu sein scheint. Denk noch einmal darüber nach. Bleibst du dabei, dass du De Profundis spielen willst? Wenn du jetzt noch weiter liest, hast du dich wohl entschlossen, dich dem Spiel und seinen Regeln zu unterwerfen. Also lass mich jetzt einige Worte über das Universum des Spiels verlieren, insbesondere auch darüber, wie dieses Universum mit der Welt zusammenhängt, die von H.P.Lovecraft erschaffen wurde.

Auch wenn dich das vielleicht überrascht, wir spielen nicht in der Welt Lovecrafts, sondern eher in unserer eigenen. Nur hin und wieder werden wir Fetzen des geheimen Wissens suchen, über das Lovecraft und andere geschrieben haben. Dies ist genau das, was mir im Nachhinein an dem Manuskript des Einsiedlers aufgefallen ist; ich denke, er hatte nie vor, ein Spiel zu erschaffen, sondern eher Regeln für die Korrespondenz zwischen den wenigen Außenseitern, die die verborgene Seite unserer Wirklichkeit entdeckt haben.

Mit anderen Worten, bei De Profundis wirst du, anders als bei eigentlich allen anderen Spielen, die du kennst, keine vorgefertigte Welt finden, die für dieses Spiel erschaffen oder beschrieben wurde, keinen Spielplan, der dir deine Schritte vorgibt und dein Ziel definiert, nicht einmal einen Helden, der den Weg zum Ziel für dich geht. Es gibt auch keinen festgelegten Mythos, der dir die Geheimnisse der Welt genauestens darlegt, keine Geschichten, die festlegen, was wahr und was unwahr ist, keine Handbücher oder Lexika mit versteckten Wahrheiten, scheinbar unbekannt und doch den meisten geläufig. Dadurch verwischen sich die Grenzen zwischen der Spielwelt und der Realität, die uns tagtäglich umgibt. Ich werde dir später noch beschreiben, wie man die Bestandteile der normalen Welt verändert, wie man in unserer grauen Alltäglichkeit nach ungeheuerlichen Geheimnissen, düsterer Magie und verborgenen Albträumen sucht; in diesem Brief wird es dann um die Filter gehen, die man benutzt, um die Wirklichkeit gänzlich anders wahrzunehmen, um andere Welten an ihrer Stelle zu erkennen.

Doch zunächst noch einmal zur Klarstellung: De Profundis findet in unserer eigenen, der realen Welt statt. Da wir aber auf der anderen Seite Liebhaber des Schreckens und des Unbegreiflichen sind, werden wir bei De Profundis versuchen, all die Dinge zu finden, über die wir soviel gelesen und phantasiert haben. Und wir werden sie in unserer Welt suchen! Hier ist Lovecraft nicht der Schöpfer einer Spielwelt; er ist einfach nur ein real existierender Autor geheimnisvoller Geschichten. Und einer von denen, die vielleicht einen Blick auf die Wahrheit erhascht haben.

Fassen wir noch einmal zusammen, was ich eben gesagt habe, und was vielleicht widersprüchlich erscheinen mag: wir nehmen für die Zwecke des Spieles an, dass es in unserer Welt ein unheimliches ETWAS gibt, eine Quelle des Schreckens. Ob es sich dabei aber um die Kreaturen handelt, über die Lovecraft geschrieben hat, um Dämonen der Hölle oder etwas gänzlich anderes, wird wohl auf ewig unklar bleiben. Wir werden es erfahren, wenn wir mit dem Spiel beginnen; in diesem Moment werden wir die ersten Puzzleteile entdecken, die zusammengesetzt das Bild ergeben, das die Wahrheit über die Mysterien unserer Welt zeigt.

Als lebende Menschen in der realen Welt, konfrontiert mit den Situationen, denen auch die Charaktere in einer Horror-Geschichte gegenüber stehen, müssen wir uns mit dem großen Geheimnis befassen, mit dem wirklich Unbekannten, das wir nicht kennen, das wir nirgendwo nachlesen können. Wir nehmen nicht einfach nur an einem Horror-Spiel teil, dessen verborgenste Geheimnisse wir von vornherein kennen, weil sie im Regelbuch bereits beschrieben sind. Wenn wir hier unser Spiel beginnen, wissen wir nicht, aus welcher Richtung der Wind weht. Niemand weiß das. Das ist eben das Besondere am Psychodrama. Niemand weiß, wohin die Geschichte sich wenden wird.

Bei De Profundis erklären wir keinem Spielleiter, dass wir uns in eine Bibliothek begeben; wir klicken nicht mit der Maus auf irgendein Gebäude auf einer virtuellen Stadtkarte. Wir gehen selbst in eine wirkliche Bibliothek und suchen dort nach vagen Kommentaren und Hinweisen auf Dinge, die uns Schauer eines kosmischen Schreckens über den Rücken jagen. Uns stehen alle Bibliotheken der Welt offen, um dort nach Büchern zu suchen, die uns den Schlüssel zu Geheimnissen und verborgenen Wahrheiten in die Hand geben.

Darum ist die Welt von De Profundis eine Mischung aus unserer normalen alltäglichen Realität und den Werken von H.P.Lovecraft und anderen, von denen wir glauben, dass sie seiner und unserer Vision von der verborgenen Seite der Welt nahe kommen. Praktisch jeder Horror-Fan hat seine eigenen Assoziationen, wenn er seine Lieblingsgeschichten liest. Er findet seine „Phantasien" auf seine ureigene persönliche Art in unserer Welt und den Visionen anderer Autoren wieder. Das ist auch der Grund dafür, dass praktisch jeder Leser seine eigene Sichtweise von Lovecraft hat: der Eine verbindet ihn mit Post-Einstein-Physik, ein Anderer mit Hawking, noch ein Anderer mit dem Mythos Clive Barkers oder jungianischen Theorien. Bei De Profundis kann jeder von uns seine eigene erfinderische und atemberaubende Interpretation der Fakten in Lovecrafts Geschichten entwickeln. Jeder hat das Recht auf seine eigene Version des „Mythos", auf seine eigenen Überlegungen und Nachforschungen. Wir gehen nicht davon aus, dass es einen festgeschriebenen Kanon von Wahrheiten gibt, die von Lovecraft enthüllt wurden und nun für alle Spieler bindend sind.

Wir rekonstruieren nicht einfach nur die Geschichten irgendeines Autors in Form von Briefen, sondern gehen darüber hinaus und erschaffen etwas neues, etwas, das nur uns allein gehört. Lovecraft schrieb über die Wahrheit, die er entdeckt hatte, aber wer sagt, dass nicht auch er sich an einigen Stellen geirrt hat, dass er bestimmte Symbole und Fakten nicht vielleicht doch falsch interpretiert hat.

Bevor ich schließe, lass mich kurz das Universum des Spiels beschreiben: was wir den Mythos nennen, existiert mit größter Wahrscheinlichkeit wirklich in unserer Welt. H.P. Lovecraft hat versucht, einzelne Teile dieser unbekannten Welt zu beschreiben.

In welchem Umfang er aber die Wahrheit erahnt oder einfach nur eine literarische Fiktion erschaffen hat, werden wir vielleicht nie erfahren. Und doch, es ist an der Zeit, dass wir zumindest versuchen es herauszufinden. Es ist an der Zeit, dass wir uns genau umsehen und in der Wirklichkeit wieder das Geheimnis entdecken, das Unbegreifliche, das Schöne und Erschreckende.
Doch wie gesagt, dieses Thema werden wir zu einem späteren Zeitpunkt behandeln. Für heute soll es erst mal genug sein.

Ich hoffe, dass ich präzise genug war, um dir den recht subtilen Unterschied klarzumachen, der zwischen De Profundis und einem traditionellen Rollen- oder Briefspiel besteht, wenn es um das Herangehen an das Universum des Spiels geht.
Aber keine Sorge, wenn du noch Fragen hast, lass es mich einfach wissen.

Dein Freund

Michael

P.S.: Da die drei Teile von De Profundis nur zusammen das eigentliche Spiel ergeben, musst du als nächstes lernen, wie du dir einen Charakter erschaffst, bevor ich dir genau erkläre, worum es bei jedem einzelnen Teil des Spieles geht. Darum werden wir uns in den nächsten Briefen vor allem mit diesem Thema befassen; ich bin gespannt, was dir dazu so alles einfällt.

P.P.S.: Danke übrigens für deine Nachfrage bezüglich meiner Gesundheit. Nein, ich stehe nicht kurz vor einem Nervenzusammenbruch; es geht mir ganz im Gegenteil schon viel besser.

Die Gemeinschaft

Hallo, Ralf!

Ich bin gerade nach Hause gekommen und habe mir erst mal einen heißen Tee aufgebrüht. Verdammt, ist das wieder kalt geworden! Es schneit schon seit Tagen hier, und ständig pfeift dieser verfluchte Wind ums Haus. Nachts, wenn es mal irgendwann aufhört zu schneien, blickt das trübe Auge des Mondes träge hinter den zerfetzten Wolken hervor. Ich bin gerannt, um so schnell wie möglich nach Hause zu kommen; ich kann die neugierigen Blicke der Menschen in der Stadt einfach nicht ertragen. Ich war bei Gregor; er gehört jetzt auch zu den Anhängern von De Profundis. Wir haben also ein weiteres Mitglied in unserer Gemeinschaft. Du weißt ja, er hatte schon immer großes Interesse an allen unheimlichen und unerklärlichen Dingen. Mit Gregor haben wir damals auch diese Traum-Experimente gemacht, erinnert du dich noch? Ich bin schon gespannt auf seine ersten Briefe.

Meine Gemeinschaft hier wächst also weiter. Wie sieht's bei dir aus? Du erinnerst dich, wenn du De Profundis spielen willst, musst du zuerst mal einige Leute finden, die dein Interesse teilen. Du hast mir doch geschrieben, dass du gerne selbst anfangen würdest zu spielen. Also dann, sieh dich um nach geeigneten Kandidaten. Versuch Leute zu finden, die sich für die mysteriösen Aspekte unserer Welt interessieren, Menschen, für die die Wirklichkeit nicht so simpel und durchschaubar ist wie für die dumme graue Masse. Oh, und denk nicht, dass es sich dabei um Leute handeln muss, die sich schon mit Rollenspielen auskennen! Überhaupt nicht! De Profundis ist so einzigartig, dass Mitspieler, die sich noch ohne vorgefertigte Meinung damit befassen, es sogar noch leichter verstehen werden, als wenn sie etwas Bestimmtes davon erwarten.

Such nach Leuten, die gerne Bücher lesen, in Büchereien herumstöbern, die verrückte Fantasien haben, sich für ungeklärte Phänomene interessieren. Die sich nicht einfach mit dem zufrieden geben, was man ihnen als Realität vorsetzt. Sie müssen keineswegs Erfahrung mit Rollenspielen haben, egal, welcher Art. Sie sollten aber Fans phantastischer Literatur sein, insbesondere natürlich von H.P.Lovecraft, damit es leichter ist, ihnen das Konzept der unbegreiflichen Natur der Welt darzulegen.

Diejenigen, die sich nicht mit Rollenspielen auskennen, werden De Profundis vielleicht nicht einmal als wirkliches Spiel betrachten; sie sehen es eventuell als eine amüsante Spielerei in Sachen Para-Literatur.

Und Rollenspieler? Solange sie sich nur trauen, etwas wirklich Neues auszuprobieren, müssen sie sich keine Sorgen machen, dass sie zu wenig Zeit haben, um noch ein weiteres Spiel anzugehen, wie es normalerweise bei fast allen Spielen, die auf den Markt kommen, der Fall ist. Diese Entscheidung müssen wir glücklicherweise nicht fällen, denn De Profundis wird kein anderes Spiel ersetzen; es wird nur die freien Momente ausfüllen, in denen wir sowieso nicht spielen können: wenn wir allein zuhause sitzen, wenn wir einen Spaziergang machen oder irgend-wohin fahren, mit dem Bus oder Zug. De Profundis steht auch all denen offen, die keine Zeit mehr haben, um regelmäßig eine normale Spielrunde aufzusuchen, aber trotzdem hin und wieder der anderen, magischen Welt einen Besuch abstatten wollen, die uns das Rollenspiel immer wie-der zeigt. Während ein solcher Mensch, das übliche gestresste Arbeitstier der modernen Zeit, einen De Profundis-Brief liest oder seine Antwort darauf verfasst, wird er für eine Weile all die langweiligen Pflichten vergessen können, die ihn von der versteckten Seite der Welt fortgeris-sen haben, fort vom Reich der Vorstellungskraft.

De Profundis wird mit seinen Tentakeln nach all denen greifen, die sich von der unwissenden und desinteressierten Mehrheit abheben wollen, die sich nicht in den unnachgiebigen Wänden ihrer kleinen Welt gefangen nehmen lassen wie Ratten in einem Käfig. Such nach den richtigen Leuten. Vergiss nicht diejenigen, die weiter weg wohnen, in anderen Städten. Wir beide könnten ebenso gut miteinander De Profundis spielen, wie du es mit jemandem aus deiner eigenen Stadt tun könntest. Wer weiß, vielleicht werden wir das ja sogar eines Tages tun.

Ich bin sicher, dass ich eine Reihe außergewöhnlicher Personen für meine Gemeinschaft hier fin-den werde, und ich hoffe für dich, dass dir das Gleiche gelingen wird. Ich wünsche es dir auf jeden Fall. Dann können wir die beiden Gruppen auch miteinander mischen. Wenn der richtige Zeitpunkt gekommen ist, werden wir den Vorhang lüften und das Spiel beginnen. Im Moment ist es aber erst einmal viel wichtiger, dass du das Grundkonzept von De Profundis verstehst. Später werden wir uns dann mit den Details des Spiels und meinen eigenen Überlegungen dazu befassen. Du musst am Ende alles ganz genau verstehen. Aber damit werden wir uns erst in unserem nächsten Brief befassen, einverstanden?

Bis bald also,

De Profundis und Cthulhu

Hallo, Ralf,

ich muss schon sagen: der Bericht über deine letzte Cthulhu-Spielrunde war wirklich hervorragend. Es fühlte sich beinahe so an, als säße ich mitten unter Euch, in Wolframs Zimmer, und würde selbst mit der Tauchkugel auf den Grund des Ozeans hinab sinken. Das muss ein toller Spielabend gewesen sein! Wobei du mich in deinem Brief auf einen interessanten Punkt gebracht hast, nämlich, wie Leute, die schon das Cthulhu-Rollenspiel spielen, sich bei De Profundis fühlen werden.

Ich denke, sie werden De Profundis als eine willkommene Ergänzung ihrer Rollenspiel-Runde betrachten. Statt neue Persönlichkeiten für das Spiel zu erschaffen, können sie auch ihre alten oder auch aktuellen Charaktere einsetzen, um mit diesen De Profundis zu spielen. Sie können endlich mal wieder die alten vergessenen staubbedeckten Charakterbögen hervorkramen, Symbole gestandener Charaktere, die in der Vergangenheit so manches durchgemacht haben und jetzt ihre letzte Ruhe in der Schreibtisch-Schublade gefunden haben. Sie können sich aber auch ihrer aktuellen Charaktere bedienen, das Spiel als wirkliche Ergänzung der laufenden Rollenspielrunde betrachten.

Wofür auch immer sie sich entscheiden, der Briefverkehr zwischen diesen imaginären Personen wird sie tief in die zweite Sphäre von Lovecrafts Geschichten bringen, tief hinein in den Verstand ihrer Charaktere, in das Reich der mentalen Wahrnehmungen, der Überlegungen und Vermutungen, bis hin zu deren realen Manifestationen. Vielleicht werden sie diesen Schritt unter Aufsicht des Spielleiters unternehmen, vielleicht auch allein. Doch das Wichtige wird sein, dass sie eben nicht nur sagen, dass sie eine Bibliothek aufsuchen oder etwas anderes tun, sie werden es wirklich tun. Sie werden viel klarer erfahren, was im Inneren ihres Charakters vorgeht. Und sie werden auch endlich eine Gelegenheit haben, mit den anderen Spielern die wichtigen innersten Gedanken und Überlegungen ihres Charakters zu teilen, die Dinge auszuspielen, die man nicht im Rahmen einer klassischen Rollenspielspiel-Sitzung berücksichtigen kann.

De Profundis dreht sich eben vor allem um das innere Dasein der Charaktere, das so charakteristisch für Lovecrafts literarisches Werk ist, dass es wohl als sein Markenzeichen gelten darf. Und De Profundis lässt uns daran teilhaben. Wo sonst könnten wir einen Charakter spielen, der einer mehrere Jahre dauernden, langsamen Verwandlung unterworfen ist, so wie der Abkömmling der Marsh-Familie aus dem verfluchten Innsmouth, der über viele Monate seine wahre Abstammung und seine Bestimmung erkennen muss, während sein Körper sich verwandelt? Hierfür muss man sich eines Psychodramas bedienen, das viele Monate oder gar Jahre an Spielzeit benötigt – es dürfte somit viele Briefe umfassen.

Doch wir reden immer nur von den Spielern und ihren Charakteren; was ist mit den Spielleitern? Warum sollten sie sich nicht ebenfalls der festgelegten Form von Briefen bedienen, um sich noch mehr in das Universum ihres Spiels zu vertiefen? Sie können miteinander spielen, vielleicht auch mit lange verschollen geglaubten Mitspielern, die inzwischen vielleicht weit entfernt leben oder durch andere Hindernisse vom Spielen abgehalten werden. Ich sehe keinen Grund, warum De Profundis nicht auch dafür genutzt werden sollte.

Also, such ruhig schon mal nach deinen alten Adressbüchern und überleg dir, wem du demnächst alles schreiben willst.

Viele Grüße,

Michael

P.S.: Wo wir gerade bei verlorenen Spielern sind, was ist eigentlich mit den Wehrmacht-Soldaten aus Peters Spielrunde damals passiert? Du weißt schon, die Truppe aus dem Zweiten Weltkrieg mit den Ghoulen. Ob wir die nicht noch mal zusammen bringen können? Wir wissen doch, dass nach dieser Sache nichts mehr so war wie früher. Wir haben damals nicht mal die Geschichte der fluchbeladenen Einheit zu Ende geführt; Peter hat die Runde ja damals einfach abgebrochen. Vielleicht könnte man die anderen ja dazu bringen, die Geschichte in Briefform zu Ende zu bringen. Was meinst du?

P.S.: Ich weiß nicht, was um mich herum geschieht. Es passieren Dinge, die ich nicht ganz verstehe. Ich kann noch nicht darüber reden, aber ich bin mir sicher, dass sich etwas aufbaut, etwas Großes, etwas Unbegreifliches.

Hast du es nicht auch bemerkt? Schau dich um. Sieh dir deine Umgebung ganz genau an. Ist dir in letzter Zeit irgendetwas Seltsames aufgefallen? Wenn ja, sag es mir ... bitte ...

Die Gemeinschaft und das Netzwerk

Hallo, Ralf!

Um ehrlich zu sein, du hast mich überrascht mit der Mitgliederliste deiner Gemeinschaft für De Profundis. Ich hätte niemals erwartet, dass jemand wie zum Beispiel Wolfgang jemals ein solches Spiel spielen würde. Sag mir, wie macht er sich? Oder ... nein, erzähl es mir lieber nicht ... ich glaube, ich schreibe ihm lieber selbst mal einen Brief; vielleicht wird ja was draus. Wo wir gerade bei diesem Thema sind: erinnerst du dich noch, dass ich davon sprach, wie man die beiden Spielergruppen vermischen könnte? Das bringt mich darauf, dass es grundsätzlich zwei Arten gibt, De Profundis zu spielen: als lokale Gemeinschaft und im Netzwerk.

Jeder Spieler sollte für sich selbst entscheiden, ob er innerhalb einer kleinen Gruppe von mehreren Personen spielen will (was noch am ehesten der klassischen Spielrunde entspricht) oder ob er sich gewissermaßen aufs offene Meer hinaus wagt und im sogenannten Netzwerk spielt, einer offenen Gruppe unbegrenzter Reichweite, wo er mehr oder weniger auf jeden Menschen dieser Welt treffen kann. Dies können Cthulhu-Fans aus anderen Städten sein, Lovecraft-Anhänger aus weit entfernten Teilen des Landes oder sogar Horror-Fans aus jedem beliebigen Teil der Welt.

Um im Netzwerk zu spielen, kann man mehrere Methoden verwenden, um Adressen von Menschen zu bekommen, von denen man ja im Spiel eigentlich nie gehört hat. Einer dieser Kontakt-Punkte ist die Liste meiner Freunde, die bereits an De Profundis teilnehmen und mir momentan als Koordinatoren für das Netzwerk zur Seite stehen. Ich schicke dir diese Liste demnächst noch zu. Vielleicht möchtest du dich ja auch einbringen und als Kontaktperson für das Netzwerk tätig werden? Du wärst dann derjenige, der Adressen weitergibt und einander fremde Personen möglicherweise miteinander in Kontakt bringt. Ich bin sicher, dass dir das Spaß machen würde. Außer natürlich, du möchtest lieber nur mit deinen Freunden in Kontakt bleiben. Dann trefft ihr alle Entscheidungen für euch selbst, ihr bestimmt allein die Regeln und löst alle Probleme mit Spielern, die die Bestimmungen verletzt haben. (Mögen die Schogotten sie fressen!)

Schau dir übrigens mal die beigefügte Seite mit den Charakter-Archetypen an, die wir momentan im Netzwerk benutzen. Hast du sie? Na, was sagst du dazu? Sind das nicht tolle Möglichkeiten, die sich dir da eröffnen? Du kannst der verrückte Magier Wilbur Whateley sein, oder der unbeschreibliche Violinist Erich Zann, oder jede andere Figur, die du in Lovecrafts Geschichten findest! Das ist doch der Wahnsinn, oder?

Aber bitte denk daran, dass es eine einzelne Figur immer nur einmal im Netzwerk geben darf. Es wird sicherlich passieren, dass sich irgendwann einige Leute dem Netzwerk anschließen wollen, die sich vorgenommen haben, einen dieser berühmten Charaktere zu spie-

len. In diesem Fall muss der zuständige Koordinator sich mit dem neuen Spieler auf eine andere Rolle einigen. Überhaupt sollte jemand, der eine so bekannte Rolle übernehmen will, sich klar machen, dass er damit eine schwere Bürde auf sich lädt. Und er sollte sich dann auch darüber im Klaren sein, dass er seinen Job wirklich gut machen muss, weil er sonst schnell seine Rolle verlieren dürfte. Er wird von den anderen als Spinner betrachtet werden, dessen Briefe man einfach nicht mehr beachtet! In diesem Fall nimmt der Netzwerk-Koordinator ihm sicher rasch die entsprechende Rolle wieder ab; die Entscheidung darüber treffen die Koordinatoren gemeinsam.

Wenn ein Spieler einen berühmten literarischen Charakter aufgeben muss, steht die Rolle einem geeigneteren Kandidaten natürlich wieder offen, der sich daran versuchen kann. Um jedoch eine solche Figur wirklich über einen längeren Zeitraum spielen zu können, muss man sich schon SEHR anstrengen. Man muss den Charakter FÜHLEN und bis zu einem gewissen Grad auch das Vertrauen der anderen Teilnehmer in diesen Charakter gewinnen. Solche Probleme hat man natürlich mit einem selbsterschaffenen Charakter nicht, da die anderen Spieler ihn nicht an einer bestehenden Vorlage messen können.

Weißt du, ich habe selbst darüber nachgedacht, ob ich mich nicht an der Rolle von Pickmann versuchen sollte, oder vielleicht an der eines anderen Außenseiters und Malers, Robert Blake. Beide Figuren sind prächtig. Natürlich müsste ich Blake dafür wiedererwecken, schließlich ist er ja in der Geschichte Lovecrafts gestorben. Aber wer sollte mich daran hindern? De Profundis ist ein Spiel der unendlichen Möglichkeiten, und was in seiner Welt (also dem Netzwerk) nicht geschehen ist, das ist nicht Realität.

Ich habe mich aber später doch für die Figur des Pickman entschieden, zu der ich mich eher hingezogen fühle. Es muss eine unglaublich intensive Erfahrung sein, sich auszumalen, was es wirklich bedeutet, der sensibelste Künstler aller Zeiten zu sein und sich aus diesem Grund in einen Knurrenden Ghoul zu verwandeln, der an menschlichen Knochen nagt, in Höhlen voller ewiger Dunkelheit lebt, mitten im Reich der Träume ... welche geistig gesunde Person könnte das verstehen?

Weißt du, manchmal macht mir dieses Spiel doch ein wenig Angst. Aber ich gebe zu, die Faszination, die es ausstrahlt, ist noch größer.

Bis zum nächsten Mal, dein *Michael*

Ich oder mein Charakter?

Hallo, Ralf.

Irgendwie scheint es dieses Jahr bei uns gar nicht wärmer zu werden. Der Schnee ist immer noch nicht komplett geschmolzen. Wann wird endlich der Frühling kommen und diese Nebel vertreiben? Wann verschwindet dieses ewige Grau, das sich in meine Träume einschleicht? Ich warte auf das Gezwitscher der Vögel, das die Stille vertreibt, das das unheilvolle Krächzen der Krähen übertönt. Ich bin diese ständige Kälte und dauernde Feuchtigkeit leid. Zum Glück kann ich mich wenigstens an deinen Briefen erwärmen.

Du hast mir von deinen Unsicherheiten und Zweifeln bezüglich der Erschaffung eines Charakters geschrieben, aber mach dir keine Sorgen, ich werde dir später noch viel mehr darüber berichten. Immerhin habe ich das Buch des Einsiedlers in meinen eigenen Händen gehalten. Meine eigenen Zweifel sind ganz andere. Weißt du, bisweilen frage ich mich, wer ich eigentlich wirklich bin: ich oder mein Charakter bei De Profundis.

Ich habe es dir noch nicht erzählt, aber ich habe neben Pickman einen zweiten Charakter vorbereitet, nämlich den Autor von De Profundis selbst, den Einsiedler. Ich wage es aber noch nicht, ihn zu spielen. Eigentlich fühle ich mich eher, als sollte ich zehn verschiedene Charaktere erschaffen; so viele Ideen schwirren mir im Kopf herum.

Aber ich weiß auch, dass es besser ist, wenn ich nur einen einzigen Charakter erschaffe; diesem werde ich dann meine ganze Aufmerksamkeit und Zeit widmen, und irgendwann werde ich fast so sein wie er.

Um auf deine Fragen zurück zu kommen: jetzt, wo du ungefähr weißt, wie das Spiel abläuft, fragst du dich sicherlich, was du als nächstes tun sollst. Nun, als nächstes musst du dir aussuchen, welchen Charakter du spielen sollst, wen du also im Spiel darstellen möchtest. Da gibt es verschiedene Möglichkeiten:

- Du kannst dich selbst spielen.
- Du kannst dir einen ganz neuen Charakter erschaffen, eine Figur aus deinem tiefsten Inneren.
- Du kannst einen Charakter aus deiner Cthulhu-Runde übernehmen, egal, ob dieser noch aktiv ist oder schon aus dem Spiel genommen wurde.
- Dir stehen aber auch alle Charaktere offen, die du in einer Geschichte von Lovecraft oder auch irgendeinem anderen Autor gefunden hast.

Jede dieser Möglichkeit hat ihren eigenen Charme.

Falls wir uns entscheiden, uns selbst zu spielen: wird es nicht am leichtesten sein, das auszuspielen, würde es sich nicht am realistischsten anfühlen? Wir wissen natürlich am besten, wie wir uns selbst darstellen sollen; es ist sozusagen unser bester Trick. Auf der anderen Seite, wenn wir uns selbst spielen, entfernen wir die Barrieren, die das Spiel von der Wirklichkeit trennen, fast vollständig, und durch die Briefe lernen wir einen wirklichen Menschen Kennen, eine einzigartige authentische Person, deren verdrehte Seele der unseren vielleicht zu sehr ähnelt. Vielleicht macht uns das Angst? Vielleicht erfahren wir dadurch zuviel über uns selbst? Glaub mir, es kann schon beängstigend sein, sich so weit in das Spiel und seine Welt der Schrecken hinein zu versetzen.

Wir können uns jedoch auch ein wenig verändern, können aus uns den Charakter machen, der wir schon immer sein wollten, der uns für ein solches Spiel am interessantesten erscheint. Wir fügen ein Geheimnis aus der Vergangenheit hinzu, verändern unser Alter oder unser Aussehen. Wir geben uns selbst neue Titel oder Karrierestufen (Lovecrafts Geschichten wimmeln nur so von Professoren, Inspektoren und anderen Würdenträgern). Wir können uns auch der Zeit anpassen, in der das Spiel stattfinden soll. Wir können alles verändern, können einen neuen Charakter erschaffen, der ganz anders ist und doch auf uns selbst basiert. Aber wir müssen eine Sache bedenken: wenn wir uns dafür entscheiden, dass unser Charakter sich in irgendeinem Bereich auskennt, so müssen wir dieses Wissensgebiet auch selbst beherrschen. Es muss wenigstens unser Hobby sein, vielleicht auch ein Studiengebiet oder ein Beruf.

Betrachten wir einige Beispiele: wenn du dich entscheidest, einen Archäologen zu spielen, der die ganze Welt bereist, solltest du zumindest ein Archäologiestudent sein. Wenn du einen Historiker spielen willst, sollst du dich in Geschichte auskennen, und zwar gut.

Wenn du diesen Grundsatz nicht beachtest, wird das Spiel nicht funktionieren. Falls deine Briefe künstlich, in die Länge gezogen, unzuverlässig oder sogar lächerlich wirken, wird aller Aufwand, den du in die Schaffung der richtigen Atmosphäre investierst, vergeblich sein, alles Gefühl verschenkt. Der Zauber wird gebrochen, und das magische Psychodrama wird nur mehr ein groteskes Pseudo-Spiel sein. Also überleg dir ganz genau, was für einen Charakter du spielen kannst und willst; schließlich wird er dich eine ganze Zeit lang begleiten.

Auf bald,

Michael

P.S.: Ich wollte dir mit diesem Brief übrigens einen psychologischen Artikel zusenden, den ich aus einem Magazin ausgeschnitten habe, aber er ist verschwunden. Ich kam gerade wieder in mein Arbeitszimmer zurück, und alle meine Papiere lagen auf dem Boden verstreut, als ob der Wind sie von meinem Schreibtisch geweht hätte. Das Fenster war aber fest geschlossen. Der Artikel war jedoch das Einzige, was verschwunden ist. Er enthielt mehrere ausgesprochen interessante Bemerkungen über die neuesten Erkenntnisse aus Experimenten mit dem menschlichen Gehirn. Na ja, ich werde ihn dir schicken, sobald ich ihn finde. Aber seltsam ist das Ganze schon ... ich habe Angst. Ob irgendjemand meine Papiere durchsucht hat? Nein, das ist doch unmöglich ... oder was meinst du?

18. April 2002

Die verschiedenen Perioden

Ralf, mein Freund,

es tut mir leid, die letzten Neuigkeiten über dich zu hören. Wieso bist du so plötzlich krank geworden? Vielleicht haben die Ärzte ja auch unrecht, und es ist einfach nur irgendeine neue Art von Grippe? Ich hoffe auf jeden Fall, dass es Dir bald wieder besser geht.

Ich freue mich aber, dass dir das Spiel bislang gefällt, obwohl ich dir noch gar nicht alle Grundlagen erklärt habe, von den ganzen Details ganz zu schweigen. Du hast mich aber überrascht mit deiner Eröffnung, dass du schon mit dem Spielen begonnen hast. Mich würde interessieren, wie du De Profundis jetzt spielst? Ich kenne deine Phantasie und Erfindungsgabe, darum bitte ich dich, mir deine Version der Regeln für die Korrespondenz und all die anderen Einzelheiten zuzuschicken; sie werden sich bestimmt von meinen unterscheiden. Ich kann es kaum erwarten, eine präzisere Schilderung von dir zu bekommen. In welcher Periode spielst du? In der Gegenwart oder der Vergangenheit?

Ach ja, ich sollte wohl noch etwas betonen.

Die Zeit und den Ort für die lokale Gemeinschaft festzusetzen, wo einfach nur ein paar Freunde miteinander spielen, kann man ziemlich leicht und ohne Beschränkungen erledigen. Dabei kann man ruhig auch mal ein Wagnis eingehen, eine verrückte Idee ausprobieren, sich an etwas Neuem, Aufregendem versuchen. Im Netzwerk hingegen braucht man im Vorfeld festgelegte Regeln, ein gemeinsames Universum. Eine Gruppe von Freunden kann jedes Land, jedes Jahr und jede Art von Charakteren wählen, die ihnen in den Sinn kommt; sie können sich auch für eine gänzlich andere Welt nach eigenen Maßstäben entscheiden. Es betrifft eben nur sie. Aber im Netzwerk würde eine den meisten unbekannte Welt schnell außer Kontrolle geraten, was in völligem Chaos resultieren würde.

Von daher denke ich, dass das Netzwerk am besten mit einer von zwei Perioden funktionieren dürfte:

1. die Zeit von Lovecrafts Geschichten oder, um es präzise zu fassen, das Jahr 1920 oder

2. das Hier und Jetzt, die Gegenwart.

Natürlich bleibt keine dieser Perioden am Tag des Einstiegs stehen Von dem Tag an, an dem das Spiel in dieser Welt im Netzwerk gestartet wird, laufen Tage, Monate und Jahre parallel zur wirklichen Zeit weiter.

In unserer realen Zeit stellt dies kein Problem dar, wir bewegen uns einfach parallel zu ihr weiter, so dass das Datum im Spiel das gleiche ist wie in der realen Welt.

In den Zwanziger Jahren jedoch müssen wir einen anderen Weg wählen. Tag und Monat bleiben wie in der realen Welt, lediglich das Jahr wird am Beginn des Spiels auf 1920 festgesetzt. Nach zwei Jahren Spielzeit befindet sich das Netzwerk also im Jahr 1922!

Es ist wichtig, genau zwischen den beiden Universen zu unterscheiden, und dies gilt nicht nur für das korrekte Datum auf dem Brief. Vor allem muss man auch eine Markierung auf dem Umschlag anbringen, direkt neben dem Absender, und zwar folgendermaßen:

- ein kleiner roter Kreis kennzeichnet einen Brief aus dem „Hier und Jetzt"
- ein kleines blaues Dreieck verweist auf einen Brief aus den „Zwanzigern"

Dadurch kann sich der Spieler, nachdem er einen De Profundis-Brief erhalten hat, auf die richtige Zeitperiode einstellen und sich in die passende Stimmung bringen, noch bevor er den Umschlag öffnet.

Wenn der lange anstrengende Arbeitstag vorüber ist, kann er sich einen Kaffee aufbrühen, sich gemütlich an seinen Lieblingsplatz setzen, eine passende CD einlegen und sich in seine Rolle hinein versetzen. Sobald ihm dies gelungen ist, wird er den Brief öffnen und als sein spielerisches Alter Ego den Brief eines Freundes oder Gefährten lesen.

Wenn wir unsere Umschläge nicht kennzeichnen würden, könnte der Empfänger sich nicht angemessen auf den Genuss des Briefes vorbereiten. Natürlich könnte er auch einfach den Umschlag vorab aufreißen, um nachzusehen, was ihn erwartet … aber so sollte man damit nicht umgehen. De Profundis-Briefe sollten nicht einfach zwischen Tür und Angel gelesen werden; sie gehören nicht in den normalen Tagesablauf, wie jeder andere Brief. Briefe aus dem Abgrund sollte man wie eine gute Geschichte lesen. Und dazu gehört auch die Einstellung auf das entsprechende Umfeld.

Ein anderer Unterschied zwischen den beiden Perioden im Netzwerk ist die Rolle von H.P.Lovecraft.

In den „Zwanzigern" gibt es keinen Lovecraft; unsere Charaktere haben noch nie von ihm gehört. Außerdem ist die durch seine Geschichten vorgegebenen Zeitlinie nicht bindend, obwohl wir sicherlich Charaktere, Schauplätze oder Themen entlehnen können. Dieser Ausschluss von der normalen Chronologie bezieht sich besonders auf finale Ereignisse, wenn beispielsweise Innsmouth von der Armee angegriffen und dem Erdboden gleich gemacht wird, oder wenn die meisten Hauptcharaktere einer Geschichte umkommen.

Mit anderen Worten, im Netzwerk könnte Innsmouth noch immer sein grausiges Geheimnis vor der Welt verbergen und tote Charaktere (wir sprachen schon über Robert Blake) könnten wider besseres „Wissen" der Spieler noch leben.

Im „Hier und Jetzt" existiert der Sonderling aus Providence, und wir wissen auch von ihm, wenn er in unserer Welt auch nur ein Horror-Autor des frühen Zwanzigsten Jahrhunderts ist. Vielleicht aber auch ein Mann, der kleine Fragmente der Wahrheit gekannt hat.

Allgemein gesprochen spielen wir im „Hier und Jetzt" uns selbst. Dabei versuchen wir, unser Verhalten sehr realistisch zu gestalten und trotzdem die Elemente des Phantastischen und Schrecklichen sehr subtil und glaubhaft in das Universum einzubringen.

In den „Zwanzigern" hingegen können wir uns einige Freiheiten gönnen, mehr Fiktion und mehr literarische Konventionen, ebenso wie wir direkt aus Lovecrafts Welt schöpfen können.

Das „Hier und Jetzt" ist sozusagen hyper-realistisch, die "Zwanziger" sind hingegen eher hyper-cthulhuid.

Aber vielleicht hast du ja auch noch ganz andere Ideen gehabt. Also antworte mir bitte so schnell wie möglich. Aber was rede ich da? Erhol dich lieber erst mal von deiner Krankheit! Und zwar so schnell wie möglich!

In diesem Sinne, gute Besserung.

Dein

Michael

Zwei Charaktere in zwei Perioden

Mein lieber Freund!

Das Wetter hat sich endlich geändert. Die Sonne scheint seit heute Morgen, es ist trocken und warm. Vielleicht kann der helle Tag endlich den Albtraum vertreiben, der mich vor drei Nächten geplagt hat. Ist bei dir irgendetwas Seltsames passiert in dieser Nacht?

Innerhalb einer Stunde hat sich hier bei uns der Himmel völlig verdunkelt, und ein Sturm wie aus der Hölle brach los. Der Himmel war so schwer, dass ich vor Kopfschmerzen beinahe umgekommen bin; ich beschloss darum, schon früh ins Bett zu gehen, in der Hoffnung, dass es am nächsten Tag wieder besser wäre.

Oh Gott, ich frage mich, welcher Ort solche Kreaturen hervorbringen kann, wie sie mich in jener Nacht besucht haben, um mich in meinen Träumen zu quälen? Aus welchem Abgrund sind sie bloß hervor gekrochen? Zum ersten Mal in meinem Leben konnte ich fühlen, was die Walpurgisnacht wirklich bedeutet. Glücklicherweise verblasst die Erinnerung an die Furcht dieser Nacht immer mehr. Mit neuer Stärke in mir machte ich mich wieder an mein mühsames Werk, De Profundis wiederherzustellen.

Du hast dich in deinem letzten Brief beschwert, dass dir beide vorgeschlagenen Zeit-Perioden sehr interessant erscheinen und es dir sehr schwer fällt, dich für eine von ihnen zu entscheiden. Allerdings halte ich deinen Lösungsvorschlag, nämlich den Spielern keine Wahl zu lassen und ihnen ein bestimmtes Universum aufzuzwingen, für keine gute Idee.

Warum sollte es die Auswahlmöglichkeit zwischen zwei Perioden geben? Weil jede von ihnen ihre einzigartigen Stärken hat.

Das „Hier und Jetzt" – oder eben die Gegenwart – kennen wir am besten. Wir haben sie immer gekannt, sie ist die Grundlage unserer Persönlichkeit. In diesem alltäglich erscheinenden Umfeld wird uns das Spielen am leichtesten fallen, und man kann bestimmt nicht behaupten, dass unsere Welt uninteressant oder nicht geheimnisvoll genug ist. Ganz im Gegenteil. Unsere „normale" Realität ist so reichhaltig und voller Nuancen und neigt so sehr zu den verrücktesten Verschwörungstheorien, dass sie eigentlich gar nicht wirklich erfasst werden kann, nicht einmal annähernd. Ich glaube nicht, dass uns jemals die interessanten Themen ausgehen würden. Neue Sensationen geschehen jeden Tag, und auch alte Mysterien stehen immer wieder in einem neuen Licht da. Außerdem können wir beim Spiel in unserer wirklichen Welt den Vorteil unzähliger Zeitungen und Zeitschriften, Fernsehprogramme und anderer Medien ausnutzen; sie alle können eine wahre Goldgrube für Ideen darstellen.

Was die „Zwanziger" angeht, hierbei handelt es sich um die Welt der Charaktere aus Lovecrafts Geschichten! Hier paaren sich die Whateleys mit Yog-Sothoth, hier macht sich Herbert West auf die Spuren Frankensteinscher Mythen, kurz gesagt, hier geschehen all die Dinge, die uns schon immer an Lovecraft und seinen Geschichten fasziniert haben. Die Zwanziger sind die Verkörperung von Atmosphäre und Stimmung!

Trotzdem könnte man einwenden, dass wir normalerweise diese Welt nicht so gut kennen wie unsere eigene Welt. So mancher wird sich in einer anderen Welt vielleicht unsicher fühlen. Es ist schwieriger, sich dort aller Details des täglichen Lebens zu versichern. Alles, was wir tun können, ist das Spiel mit ein wenig Platz für Unsicherheit zu beginnen, so wenig wie möglich, so viel wie nötig. Mit der Zeit dürfte es uns leichter fallen, die Details zu erfassen. Auf jeden Fall wirkt aber die Kommunikation per Brief in den Zwanziger Jahren erheblich natürlicher als heutzutage, obwohl sie auch in unserer Zeit wieder etwas häufiger anzutreffen ist als noch vor wenigen Jahren.

Wie auch immer, beide Spielwelten sind einzigartig und unvergleichlich. Also würde ich vorschlagen, dass wir De Profundis mit zwei verschiedenen Charakteren spielen: einem in der modernen Welt, einem weiteren in den Zwanzigern. Ich denke auch, dass man die Charakterwahl mit der jeweiligen Periode verbinden sollte, so dass man 1920 mit einem speziell dafür erschaffenen Charakter angeht, während wir im „Hier und Jetzt" am besten uns selbst darstellen.
Was meinst du dazu?

Dein

Michael

P.S.: Eine Sache noch: Wenn du zwei verschiedene Charaktere darstellst, dann sei vorsichtig, dass du dich nicht mit der Handlung der beiden Geschichten verzettelst, oder sogar mit den Charakteren und ihren Eigenarten. Und vor allem, denk daran, dass sie nur Spielfiguren sind, nicht real. Selbst wenn du eine dieser Figuren bist. Pass auf dich auf.

Das Land

Hallo, Ralf!

Ich muss schon sagen ... das sind ziemlich schockierende Charaktere, die du da erschaffen hast. Und da du selbst ja auch einer von ihnen bist, spielen wir wahrscheinlich gerade schon De Profundis. Oder sind zumindest verdammt nahe dran ...

Ich muss wohl noch eine letzte Bemerkung über das Erschaffen von Charakteren anfügen: wir müssen uns für ein Land entscheiden, in dem unsere Charaktere leben sollen. Beim Spiel einer ortsgebundenen Gemeinschaft kann man sich einfach für einen beliebigen Ort entscheiden, bevor das Spiel beginnt. Wenn wir uns beispielsweise vornehmen, uns selbst zu spielen, werden wir normalerweise wirklich dort spielen, wo wir leben, in unserem eigenen Land also, häufig sogar in unserer Heimatstadt.

Natürlich muss das nicht unbedingt immer so sein. Wenn ein Spieler eine Stadt in einem fremden Land ganz genau kennt, wenn er lange genug dort gelebt hat und das normale Leben an diesem Ort einfach so in einem Brief darstellen kann, dann kann er sicherlich auch so tun, als lebe er dort.

Wenn wir uns hingegen mit fiktiven Charakteren befassen, wie zum Beispiel denen, die wir für ein Spiel in den „Zwanzigern" brauchen, ist die Frage nach dem Ort natürlich schon viel entscheidender. Natürlich wären die meisten Lovecraft-Fans versucht, in New England zu leben, beispielsweise in Arkham. Und wenn unser Charakter wirklich eine Schöpfung Lovecrafts ist, gibt es sowieso keinen Zweifel: wir leben an dem Ort, den Lovecraft selbst für uns festgelegt hat. Auch unter diesen Umständen müssen wir uns natürlich wieder einen gewissen Freiraum für Ungenauigkeiten lassen, aber genau wie bei der Entscheidung für eine Zeitperiode sollte

DIE HEXEN
RUINE

man sich auch hier bemühen, möglichst bald mehr über den Ort seiner Wahl zu erfahren. Dadurch wird man die Qualität seines Spiels verbessern und daraus resultierend auch mehr Spaß daran haben. Ich habe mir überlegt, dass wir im Netzwerk zwei große offene Spielrunden ausrichten werden, die wir dann natürlich noch den Spielern mitteilen müssen. Das Netzwerk der „Zwanziger" wird im Staat Massachusetts an der amerikanischen Ostküste seinen Anfang nehmen, und die Handlung soll sich im Allgemeinen auf die Vereinigten Staaten von Amerika beschränken.

Das „Hier und Jetzt" soll auf der anderen Seite vor allem in unseren jeweiligen Ländern gespielt werden.

Eins müssen wir dabei natürlich im Auge behalten, denn da wir die Rolle von weitgereisten Experten übernehmen, die sich mit verbotenen Dingen befassen, können die Briefe dieser Charaktere natürlich aus allen Ecken der Welt kommen. So soll es auch bei De Profundis ablaufen. Briefe könnten aus Katmandu eintreffen, aus Sibirien, aus den Tiefen Schwarzafrikas, aus Israel oder Ägypten ... von allen Orten eigentlich, wo wir die mysteriöse düstere Atmosphäre antreffen, die wir suchen. Alles, was man dazu braucht, ist ein ausreichendes Grundwissen über den jeweiligen Ort, die Kultur und Lebensumstände dort.

Diese Reisen stellen dann wohl den letzten Pinselstrich für das Bild unseres Charakters dar. Dabei gehe ich natürlich davon aus, dass du dir schon im Vorfeld Gedanken über die anderen Grundlagen des Charakters gemacht hast: du weißt schon, wer seine Familie ist, wie seine Lebensumstände aussehen, was er in seiner Vergangenheit getan hat, welche Träume und Wünsche ihn erfüllen, welche Ängste und Sorgen ihm das Leben erschweren. Aber ich denke, dass du über solche Dinge schon lange nachgedacht hast, oder?

Trotzdem, gerade für einen Neuling, der sich vielleicht weder mit Rollenspielen noch mit dem Verfassen von Geschichten auskennt, könnte eine solche „Checkliste" sehr wichtig werden. Mach ihn darauf aufmerksam, dass er durch die Beantwortung solcher Fragen seinen Charakter besser kennen lernt und nur dann wirklich weiss, wie er ihn spielen sollte. Ganz nebenbei übrigens, wenn du dich selbst spielen willst, musst du dir natürlich keine Gedanken darüber machen, da du diesen „Charakter" ja wohl so gut kennst wie keinen anderen.

Aber denk auf jeden Fall daran, dass der Autor deiner Briefe ein wirklicher Mensch sein sollte, zumindest in deinen Gedanken. Und ein wirklicher Mensch hat Gefühle, die man in seinen Briefen spüren kann, er hat eine Persönlichkeit, einen bestimmten Schreibstil, Lieblings-Ausdrücke usw. All das eben, was ihn wirklich zu einer Persönlichkeit macht.

Aber das muss ich dir wohl auch nicht extra erzählen, oder? Verzeih mir also, wenn ich ein wenig ins Quatschen geraten bin.

Damit soll's dann aber auch für heute genug sein. Wir hören voneinander.

Dein Michael

Stilfragen

Sei gegrüßt, mein Freund!

Inzwischen ist es draußen Frühling geworden: das Gras ist endlich wieder richtig grün, an den Bäumen zeigen sich die ersten Blätter, Moose und Büsche wachsen wieder. Aber die Kälte hat sich noch nicht wirklich geschlagen gegeben. Wässrige Wolken bedecken die Sonne. Ein eisiger Wind zerrt an den Baumwipfeln und an meinen Vorhängen. Ich werde wohl das Fenster schließen müssen, bevor ich diesen Brief an dich weiter schreibe.

Wobei mir gerade im Zusammenhang mit Briefen etwas einfällt.

Ein Brief ist eine ganz besondere Form des persönlichen Kontakts. Ganz anders als ein Gespräch unter vier Augen. In einem solchen Gespräch werden unsere Gedanken immer wieder in der Mitte eines Satzes abwandern, und das Ende eben dieses Satzes wird bisweilen von etwas ganz anderem handeln als der Anfang. Wir unterwerfen uns unseren Impulsen, und allzu leicht können sich Oberflächlichkeit und Ziellosigkeit in ein Gespräch einschleichen.

In einem Brief haben wir hingegen die Gelegenheit, alles auszudrücken, was wir zu sagen haben, vom Anfang bis zum Ende. Wir haben genug Zeit, um unsere Gedanken in Worte zu fassen, die richtigen Ausdrücke zu wählen und umzustellen, bis sie genau das ausdrücken, was wir sagen wollen.

Das Briefschreiben stellt eine uralte Kunst dar, und obwohl es in den letzten Jahren durchaus wieder in Mode gekommen ist, hat es doch immer noch den einzigartigen Beigeschmack von Nostalgie und die Erinnerung an zivilisiertere Zeiten. Und nicht zuletzt erinnert es uns auch an H.P.Lovecraft selbst, dessen Leben zu einem guten Teil aus dem Durchsehen alter Bücher und dem Verfassen von Briefen bestand.

Briefe stellen quasi das Spielbrett von De Profundis dar. Sie sind der Raum, in dem wir uns zum Spielen treffen. Hier geschehen die Dinge, die unsere Geschichten ausmachen. Hier können unsere Charaktere sich zeigen, wie sie wirklich sind. Hier können sie sich unterhalten oder gemeinsame Abenteuer erleben.

De Profundis besteht aus eben diesen Briefen.

Aber all das ist dir wahrscheinlich eh klar, und darum wollte ich dir eigentlich auch etwas ganz anderes schreiben. Ich habe einen De Profundis-Brief von

Marcus bekommen, du weißt schon, einem Mitglied deiner Gemeinschaft. Und na ja, es ist eine wirklich gute Kurzgeschichte, aber ...

Lass es mich so sagen: man sollte die Struktur und den Aufbau eines De Profundis-Briefes so wählen, dass er realistisch wirkt. Ansonsten wird die Glaubwürdigkeit der Briefe leiden oder gar völlig verloren gehen, trotz guter Ideen, stimmiger Atmosphäre und guten Schreibstils. Und leider ist ihm genau das passiert; irgendwie passen bei diesem Brief die Teile nicht ganz zusammen. Mach deine Gemeinschaft also bitte darauf aufmerksam, dass ein Brief an einen Fremden etwas ganz anderes ist als ein Brief an einen alten Bekannten, vor allem, wenn der Empfänger des Briefes dem Charakter als Autorität in einem bestimmten Thema empfohlen wurde (wie es hier wohl der Fall war). Dabei sollte man sicherlich eine gewisse respektvolle Distanz wahren.

Genauso unterscheiden sich die allwöchentlichen Briefe zwischen guten Freunden von einem regelmäßigen Informationsaustausch unter einander respektierenden, aber nicht persönlich bekannten Gelehrten.

Und allein die Höflichkeit gebietet sicherlich, dass man sich vorstellt, wenn man das erste Mal an jemanden schreibt.

Dies gilt natürlich nur, wenn wir nicht davon ausgehen, dass die Mitglieder in der von uns gegründeten Gemeinschaft einander schon seit langem kennen. Wenn wir den ersten Brief schreiben, mit dem wir ein Spiel beginnen, können wir also auch annehmen, dass dieser Brief gar nicht den Beginn unserer Korrespondenz darstellt; wir können uns sogar auf frühere, gar nicht existierende Briefe beziehen. Zum anderen sollten Briefe mit der Hand geschrieben oder vielleicht auf einer alten Schreibmaschine getippt werden. Es ist sicherlich den besonderen Aufwand wert, sich eines alten Tintenfüllers zu bedienen als eines moderneren Schreibgeräts. Dadurch zeigen wir unseren besonderen Respekt für den Empfänger des Briefes und auch die besondere Mühe, die in unseren Brief einfließt.

Ach ja, obwohl du selbst es natürlich nur zu gut weißt, achte darauf, dass auch deine Gruppe sich daran hält: ein Brief sollte mit einer traditionellen Grußformel beginnen („Hallo, Gregor!" oder „Lieber Michael!" beispielsweise) und mit einer weiteren Grußformel und einer Unterschrift enden.

Und noch etwas wichtiges: das Datum! Wenn du irgendwann zu einem späteren Zeitpunkt die ganze Geschichte noch einmal Revue passieren läßt und die Reihenfolge deiner Korrespondenz rekonstruieren möchtest, sind die Tagesdaten auf den Briefen wohl der einzige Weg, um die Schriftstücke in die richtige Reihenfolge zu bringen. Ansonsten hast du eine ziemlich öde und langwierige Arbeit vor dir; glaub mir, ich weiß, wovon ich rede.

Und noch etwas: das Aussehen der eigenen Handschrift. Sie sollte so aussehen, wie es der Situation und dem Charakter am ehesten angemessen ist. Die Handschrift eines gefassten Wissenschaftlers, der die Resultate seiner Forschungen zu Papier bringt, ist eine Sache, etwas ganz anderes hingegen der verzweifelte Brief des verängstigten Opfers einer Hetzjagd, die letzten Worte eines Menschen, der weiß, dass er sterben wird, hingeKritzelt in verzweifelter Hast, zitternd in Krampfhafter Angst, im Angesicht des nahenden Todes.

Trotzdem, egal, wie sehr man seine Handschrift der Situation anpassen will, man sollte sich immer bemühen, sie noch Klar lesbar zu halten. Gar nicht zu reden von der Notwendigkeit, in normaler, ruhiger Korrespondenz Klar und deutlich zu schreiben. Jegliche Atmosphäre geht ganz schnell verloren, wenn wir uns durch unleserliches Chaos hindurcharbeiten müssen und höchstens erraten können, welche vielleicht einfachen Worte sich wohl hinter den mysteriösen Hieroglyphen auf dem Briefpapier verbergen.

Ich könnte noch seitenlang weiter schreiben über die besonderen stilistischen Eigenarten von Briefen, Tagebüchern und anderen Schriftsätzen, über Tricks, wie man die gewünschten Gefühle, die richtige Atmosphäre und Stimmung vermitteln kann, aber dies selbst zu erkennen ist zu einem großen Teil das Herz von De Profundis. Ich denke, diese Geheimnisse und Tricks selbst zu entdecken wird dem Spieler jede Menge Spaß machen; manchem mag dies vielleicht in sich bereits Belohnung genug sein. Die grundlegende Kunst, den Strom der eigenen Gedanken zu Papier zu bringen, sei es als Brief, Tagebuch oder wie auch immer, Kann man vor allem von den Meistern lernen, aus Büchern wie Frankenstein oder Dracula.

Und wenn unser Spiel dazu führt, dass sich die Menschen wieder etwas eingehender mit diesen Klassikern beschäftigen, kann das doch nur gut sein, oder? In diesem Sinne, viel Spaß beim Lesen.

Dein

Michael

P.S.: Ein Spieler aus meiner Gemeinschaft hat mich noch auf einen anderen Gedanken gebracht; er hat eine Handverletzung, die ihn daran hindert, längere Briefe mit der Hand zu schreiben. Also verfasst er alle Schriftstücke auf seinem Computer, auch, um Tippfehler, die ihm immer wieder passieren, besser korrigieren zu können.

Er schreibt auch seine De Profundis-Briefe auf dem Rechner und druckt sie dann aus. Er liebt es, dabei mit verschiedenen Schriftsätzen und anderen Effekten zu spielen, die die Persönlichkeit des Schreibenden ausdrücken sollen, so wie normalerweise eine Handschrift. Ansonsten stehen dem Schreiber natürlich die gleichen Möglichkeiten wie bei einem richtigen Brief offen.

Trotzdem, ich persönlich finde diese Art, einen Brief zu verfassen, einfach zu unpersönlich und rate davon ab. Aber wenn du es in deiner Gemeinschaft zulassen willst, bitte, es sind deine Regeln.

P.P.S.: Noch etwas: E-Mails! Keine E-Mails! Dies würde allzu schnell dazu führen, dass die Atmosphäre auf der Strecke bleibt. Die einzige Ausnahme dürfte ein Spielhintergrund sein, bei dem es eben gerade darum geht, eine kalte radikale Vision unserer heutigen Welt zu zeigen: Internet, Ruhelosigkeit, Handys, eine eskalierende Informationsgesellschaft, kurze elektronische Botschaften, durchsetzt mit Akronymen und Computer-Slang, abgehackte Sätze, ineinander verschachtelte Antworten. So würde aus De Profundis eine Welt entstehen, wie wir sie aus Akte X oder Cyberpunk-Romanen kennen.

Aber die Leichtigkeit und Bequemlichkeit, mit denen das Internet uns lockt, sind trügerisch. Wenn wir uns aus reiner Faulheit der E-Mail als Kommunikationsmittel bedienen, so hält uns dies mit der Zeit sicher davon ab, das Spiel in seiner normalen Papierform zu genießen.

Seine Gedanken in Form eines Briefes niederzulegen ist etwas völlig anderes als eine E-Mail zu schreiben. Ein Brief erfordert Mühe, er benötigt deine Zeit, er verlangt nach deiner Konzentration. Ein gut geschriebener Brief zeigt auch den Respekt für den Adressaten. E-Mails sind zusammengeklatschter Verbal-Müll, meistens mit Fehlern gespickt, manchmal nicht viel mehr als ein paar hastig hinzugefügte Kommentare zu den gedankenlos zitierten Fragmenten

der vorherigen Botschaft. Sorgen wir doch lieber dafür, das diejenigen, für die die E-Mail die geläufigste Form der Kommunikation ist, sich an den Abenden, an denen sie De Profundis spielen, auch mal von ihren Computern erholen dürfen.

Wie auch immer, halt dich von E-Mails fern, denn sie verzerren die Kommunikation und stören unser Verhältnis zum Empfänger unserer Worte.

Dieser Brief soll dir zeigen, dass es mir gut geht.

ICH UM GEWISS TALL - DIE SPING GEFUNDEN, BIG...

Der Geist und die Handlung

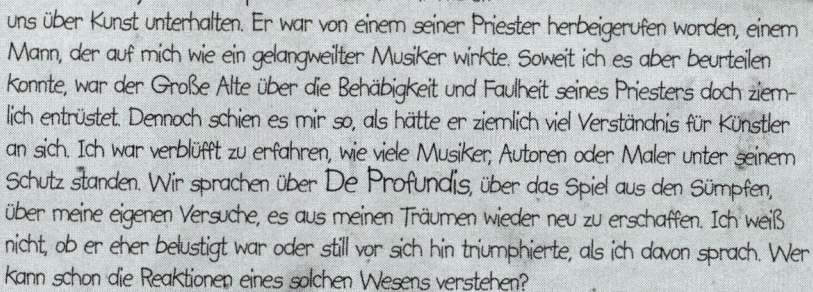

Lieber Ralf!

Du wirst mir nicht glauben, was ich dir zu erzählen habe. In der letzten Nacht hatte ich einen grotesken, fast schon komischen Traum.

Ich saß mit Nyarlathotep zusammen und wir haben uns über Kunst unterhalten. Er war von einem seiner Priester herbeigerufen worden, einem Mann, der auf mich wie ein gelangweilter Musiker wirkte. Soweit ich es aber beurteilen konnte, war der Große Alte über die Behäbigkeit und Faulheit seines Priesters doch ziemlich entrüstet. Dennoch schien es mir so, als hätte er ziemlich viel Verständnis für Künstler an sich. Ich war verblüfft zu erfahren, wie viele Musiker, Autoren oder Maler unter seinem Schutz standen. Wir sprachen über De Profundis, über das Spiel aus den Sümpfen, über meine eigenen Versuche, es aus meinen Träumen wieder neu zu erschaffen. Ich weiß nicht, ob er eher belustigt war oder still vor sich hin triumphierte, als ich davon sprach. Wer kann schon die Reaktionen eines solchen Wesens verstehen?

Als der Große Alte sich aber verabschiedete, hatte ich trotz allem das Gefühl, dass er mit meinem Werk recht zufrieden war. Gleichzeitig spürte ich aber auch, dass der Priester sein Leben verspielt hatte. Vor dem Haus tauchte etwas auf, etwas, das Wände und Dächer von dem Gebäude riss, das uns umgab. Wir standen inmitten der Trümmer des Hauses, und ein langer, muskulöser Tentakel schlängelte sich über eine Mauer hinweg, tastete nach dem Priester. Ein zahnbewehrter Schlund öffnete sich mit einem saugenden Reißen, platzte auf wie ein schwärender Leib und senkte sich über den schreienden Priester. Seine Schreie endeten wie abgeschnitten, als das grässliche Glied sich zurückzog.

Ich rannte um die nächste Ecke, und sah das Wesen, zu dem der Tentakel gehörte, eine riesige unförmige Kreatur, die mit ihrer schieren Masse ganze Gebäude zum Einsturz brachte, viele Menschen auf einmal mit jedem Vorschnellen ihrer tausend Münder verschlang. Doch je mehr das Monstrum fraß und zerstörte, desto größer wurde es, bis es schließlich mit einem schmatzenden Krachen zerplatzte. Ich spürte, wie mich Schleim und Blut heiß und sengend trafen, an mir herabliefen wie glühender Regen.

In diesem Moment erwachte ich, hörte noch den Nachhall meines eigenen Schreis in meinen Ohren, spürte den kalten Schweiß an meinem Körper.

Es war nur ein Traum.

Aber trotzdem frage ich mich, ob dies vielleicht die Art und Weise ist, wie der Geist einen Pakt mit dem Wahnsinn eingeht. Mit einem Verrat des Unterbewusstseins am Bewusstsein, in einem

Moment, in dem der Verstand nicht in der Lage ist, den Geist zu verteidigen. Ohne Furcht, ohne Schrecken, einfach nur im friedlichen wundersamen Moment des Schlummers. Oder ob es vielleicht die Angst vor eben diesem Verrat ist, die uns in die Arme der trügerischen Schönheit Wahnsinn treibt?

Ich weiß es nicht. Ich hoffe aber, dass es einfach nur ein Traum war, dass alle Ängste und Befürchtungen einfach meiner überhitzten Phantasie zuzuschreiben sind. Diese Überlegung bringt mich übrigens auf das Thema, zu dem ich dir heute etwas schreiben wollte. Wenn man einen De Profundis-Brief verfasst, wird man dann nur seine Gefühle und Erfahrungen zu Papier bringen oder wird man auch über wirkliche Aktionen berichten? De Profundis bietet dem Spieler die Gelegenheit, sich zwischen die Welten der Literatur und des Rollenspiels zu bringen und den Zwischenraum mit Leben zu erfüllen. Der Spieler sitzt nicht an einem Tisch und spinnt in Gedanken und Worten die Erlebnisse seines Charakters weiter, er sitzt allein in einem Raum und spielt nur für sich selbst. Er wird aber nicht einfach nur die vorgefertigten Ideen eines Anderen aufnehmen, wie es beim Lesen eines Buches geschieht; er wird seine eigenen Gedanken mit einbringen. De Profundis bietet uns somit den notwendigen Raum, um uns einer Sache zu widmen, die wir normalerweise eher in einem Roman als in einem Spiel erwarten würden: der inneren Welt des Charakters, seinen Gedanken, Erfahrungen und Überlegungen, seinen Gefühlen und Ängsten. Tatsächlich zwingt uns die Form von De Profundis geradezu dazu, uns vor allem mit dem Wirken des Geistes zu befassen, und das spielerische Potential in dieser Hinsicht ist enorm.

Aber der Mensch lebt nicht nur von seinen Gedanken. Das Reich der Selbsterfahrung ist untrennbar verbunden mit der Welt, in der wir leben, mit Ereignissen, an denen wir teilhaben, und mit den Menschen, denen wir begegnen. Ängste und Befürchtungen resultieren normalerweise aus äußeren Einflüssen. Häufig stellen diese emotionalen Zustände auch eine besondere Art dar, die Welt wahrzunehmen. Man beschäftigt sich eben nicht nur mit Dingen, die unabhängig von der Außenwelt existieren, also Produkte unseres Geistes, unserer reinen Phantasie sind. Wie lange kannst du dich ausschließlich mit den Schrecken im Innern deines Kopfes beschäftigen?

Darum sind wirkliche Handlungen bei De Profundis ebenso wichtig wie Überlegungen aus dem Geist des Charakters. Aber in unserem Spiel ist eine Handlung nichts anderes als ein Vorwand, um unsere Gefühle zu erforschen, zu lernen, wie wir diese Emotionen ausdrücken können. Wenn wir als Spieler von De Profundis beispielsweise beschließen, bei Nacht eine alte Kirche zu erforschen, so geschieht dies nicht, wie in einem normalen Rollenspiel, um dort etwas Eigenartiges zu FINDEN. Wir tun dies, um dort etwas Eigenartiges zu ERLEBEN. Um ein Gefühl zu erfahren, über das wir später nachdenken und schreiben können. In den meisten Rollenspielen sind wir eher daran interessiert, was ein Charakter tut oder an dem, was er über einen Sachverhalt herausfinden kann, kaum daran, was er in einem bestimmten Moment denkt oder fühlt.

Nun ist Action natürlich auch eine der Grundlagen des Rollenspiels. In unserem Spiel hingegen ist die „Action" viel subtiler, und da sie normalerweise nur von einem einzigen Menschen wirklich erlebt wird, nämlich dem Verfasser des Briefes, wird sie immer sehr subjektiv wahrgenommen. Bei einem Rollenspiel gibt der Spielleiter eine objektive Beschreibung der Ereignisse und Orte, so dass alle Spieler sie auf die gleiche Art wahrnehmen können. Bei De Profundis ist dies nicht notwendigerweise so. Wenn wir hier die unterirdischen Teile einer im Wald verborgenen Ruine erforschen, erforschen wir in Wahrheit unsere eigene Psyche. Selbst objektiv trockene und saubere Säulen mögen uns verrottet, schleimig und blasphemisch erscheinen. Die Welt ist so, wie wir sie sehen. Und wie wir sie sehen, wird bestimmt von unseren Gefühlen, unserer Persönlichkeit, unseren Erfahrungen, unserer Psyche oder sogar unseren ganz persönlichen Wahnvorstellungen. Was werden wohl Algen und Quallen für jemanden bedeuten, der jede Nacht von der versunkenen Stadt R'lyeh und dem dort schlafenden Gott Cthulhu träumt? Was wir in einem Rollenspiel häufig nicht einmal bemerken, ist der Kern von De Profundis (und auch vieler Geschichten von H.P.Lovecraft, Edgar Allan Poe und anderen). Argwohn, Träume, Anspielungen, innerliche Verwandlungen, Überlegungen, das Erkennen der eigenen Wurzeln ... ... und manchmal eben auch die „Action". Zur richtigen Zeit, am richtigen Ort, im richtigen Umfang. Ein gutes Rezept für eine gelungene Geschichte in der Tradition Lovecrafts könnte so aussehen: drei Viertel einer guten Geschichte besteht aus den Erinnerungen des Erzählers, seinen Tagebucheinträgen und Briefen, in denen er von seinen Verdachtsmomenten und Vermutungen schreibt, von den Fortschritten, die er dabei gemacht hat, ein besonderes Geheimnis aufzudecken, bis er schließlich irgendwann den Höhepunkt erreicht und bemerken muss, dass er eine Grenze überschritten hat. Erst jetzt verlässt er seine gewohnte Umwelt und geht zu einem besonderen Ort, dort bricht die Hölle los, und er muss sich dem Grauen stellen, das ihn bislang nur in seinen Träumen verfolgt hat. Bei De Profundis könnte dies etwa so aussehen: zuerst führen zwei oder drei Briefe den Leser sanft in die Natur des Geheimnisses ein, in den folgenden Briefen werden immer neue Spuren des Mysteriums enthüllt, die Persönlichkeit des Schreibers ändert sich, seine Erschöpfung steigert sich, ebenso seine Furcht, bis schließlich der entscheidende Brief kommt, in dem der Schreiber ankündigt, dass er losziehen wird, um den Ursprung des Geheimnisses zu ergründen. Vielleicht trifft danach noch ein letzter Brief ein, abgeschickt kurz vor dem Tod oder Verschwinden des Charakters, der finale Höhepunkt des ganzen Briefwechsels. Vielleicht wird er auch nach seiner Rückkehr in einem Brief oder Tagebuch berichten, was ihm geschehen ist. Vielleicht wird auch ein neuer Charakter auftauchen, der angeblich die Adresse des Empfängers im Nachlass des ehemaligen Briefschreibers gefunden hat und das Ende des ersten Charakters schildert. Es gibt sicherlich tausend mögliche Arten, einen Briefwechsel zu beenden.

Es sollte jedoch nicht unerwähnt bleiben, dass die beiden vorgeschlagenen Perioden für De Profundis die Handlungsanteile verschieden stark betonen. In den „Zwanzigern" haben wir es eher mit literarischen Konventionen zu tun, mit Fiktion, und wir spielen erfundene Charaktere. Daraus folgt natürlich auch, dass wir in den Zwanzigern mehr Raum für außergewöhnliche Ereignisse, für Reisen und Abenteuer haben.

Das „Hier und Jetzt" hingegen zwingt uns einen gesteigerten Realismus auf. In dieser Version des Spiels existiert das Universum greifbar und real draußen vor der Tür, im Fernsehen oder in den Zeitungen, und wir spielen entweder uns selbst (oder zumindest jemanden, der uns selbst recht nahe kommt). Darum haben wir hier mehr Raum für Erfahrungen und Überlegungen, für Paranoia und Verschwörungstheorien und viel weniger für phantastische Ereignisse oder „Action".

So, jetzt muss ich aber erst mal Schluss machen, weil es absolut unmöglich geworden ist, im Haus zu bleiben; es ist so schwül und muffig hier drin, dass ich kaum noch atmen kann. Die Luft steht regelrecht. Ich werde noch einen Spaziergang durch den Wald unternehmen, bevor der allabendliche Sturm kommt. Fast jeden Abend, sobald es dunkel wird, zieht ein Gewitter über uns hinweg, mit Blitz und Donner. Aber sag mal, wann warst du eigentlich das letzte Mal in einem Wald? Denk mal darüber nach!

Dein

Worüber soll ich schreiben?

Hallo, Ralf,

in den letzten Tagen habe ich viel darüber nachgedacht, wie man einen langen Briefwechsel interessant halten kann, vor allem, wenn es sich um das Erzählen einer Geschichte dreht, wie wir es bei De Profundis vor uns haben. Denn was nutzt uns der schönste und atmosphärischste Briefstil, wenn wir eigentlich gar nicht wissen, was wir in unseren Briefen beschreiben sollen. Und gerade bei einem Spiel wie De Profundis, bei dem wir uns so lange mit einem einzigen Thema befassen, auf das wir immer wieder aufbauen, das wir immer wieder an neue Grenzen führen, muss die Grundidee schon gut sein, damit sie auf die Dauer nicht langweilig wird. Ich habe mal eine Liste von möglichen Handlungsideen skizziert, Grundideen, aus denen man sicherlich einen längeren Briefwechsel machen kann. In manchen Fällen sind es auch einfach nur Einschübe, Zwischenspiele, die man benutzen kann, wenn die eigentliche Handlung vielleicht mal schal und öde erscheint.

Bist du bereit? Also, los geht's.

I. Der Mythos als Zentrum des Denkens

Wir erwählen eine besondere Kreatur, die für unseren Charakter eine ganz besondere Bedeutung hat; vielleicht ist es auch eine spezielle Idee oder Wahnvorstellung, die ihn mehr und mehr beschäftigt.

Im Verlauf unseres Briefwechsels können wir uns nun auf diesen Punkt konzentrieren, ihn zu unserer Besessenheit, zu unserem Albtraum machen. Wir werden Experten in diesem speziellen Bereich werden, wahre Meister des jeweiligen Mythoselements, und wir werden uns bei der Untersuchung dieser Kreatur weiter nach vorne wagen als irgendjemand vor uns. Es erscheint viel glaubhafter, wenn ein Charakter sich über viele Monate oder gar Jahre mit einem einzigen Mysterium befasst, als wenn er einen unerklärlichen Fall nach dem anderen auflöst, wie bei einer Fernsehserie, die jede Woche ein neues Highlight bieten muss. Das zentrale Objekt unserer Besessenheit kann somit zur Grundlage der ganzen Geschichte werden; unsere Nachforschungen und Abenteuer werden sich immer um dieses Thema zentrieren. Wenn wir diesen Aspekt des Spieles genauer durchdenken, dürfte auch klar werden, warum es für De Profundis keine umfangreichen Monsterbeschreibungen oder dicke Handbücher mit Weltbeschreibungen gibt, warum sie auch gar nicht nötig sind. Was wir wirklich an Hintergründen brauchen, können wir uns aus Geschichten oder allgemein zugänglichen Mythen entlehnen, und was uns dann zur Komplettierung des Gesamtbildes fehlt, denken wir uns einfach selbst aus. Es ist eine faszinierende Erfahrung zu beobachten, was einem einzelnen Spieler alles einfällt, wenn er sich tiefer und tiefer in ein bestimmtes Thema einarbeitet. Das Endergebnis seiner Überlegungen und Phantasien wird normalerweise ein ganz anderes sein, als wir in irgendeiner Geschichte finden könnte, und meistens auch noch erheblich seltsamer. Die Kreatur könnte in einem völlig neuen Licht erstrahlen, mit Geheimnissen aufwarten, die niemand außer ihrem Erfinder kennt.

2. Ein geheimnisvolles Ereignis

Gemeint ist damit der Anfang eines sich stetig steigernden Albtraums.
Am besten spielen wir bei dieser Geschichte einen unschuldigen und unwissenden Charakter, der durch Zufall auf ein finsteres Geheimnis gestoßen ist, dessen Wirkung ihn nun auf ewig gebrandmarkt hat. Düstere Kreaturen und unerklärliche Geheimnisse beginnen um ihn herum zu erscheinen, und er selbst wird sich mit der Zeit verändern, zu etwas anderem werden. Vielleicht sucht er nach Antworten, vielleicht will er aber auch einfach nur seine Ängste und Überlegungen mit jemand anders teilen.

3. Die Verschwörungstheorie.

Unser Charakter könnte ein „Eingeweihter" sein, ein Suchender, der sein ganzes Leben der Jagd nach den kleinsten Spuren gewidmet hat, die ihn zu einem bestimmten Geheimnis hin führen, egal, wie bizarr dieses Mysterium auch immer sein mag.
Natürlich wird sich mit fortschreitender Untersuchungsdauer die Paranoia des Charakters immer weiter steigern, bis er an irgendeinem Punkt sicher ist, „alles zu verstehen". Er weiß nun, wer hinter der geheimen Verschwörung steckt, wer die Politiker und die Wirtschaft kontrolliert, wer den Medien befiehlt usw.

4. Gedanken, Überlegungen, Forschungen

Wir können uns mit einer bestimmten wissenschaftlichen Disziplin befassen, zum Beispiel Physik, Psychologie, Geschichte oder Biologie.
Wir können uns aber auch mit dem Studium okkulter Quellen befassen, fest entschlossen, Hinweise auf die Existenz übernatürlicher Phänomene oder Kreaturen zu finden. Manche dieser Dinge wurden inzwischen auch von modernen Gelehrten erforscht und sind nicht länger einfach nur die Wahnvorstellungen des klassischen verrückten Wissenschaftlers. Es wäre sicherlich auch eine reizvolle Möglichkeit, wirkliche oder erfundene Nachforschungen über irgendein beliebiges Gebiet anzustellen und die so gewonnenen Erkenntnisse danach mit anderen zu teilen. Vielleicht gibt es ja wirklich einen Zusammenhang zwischen den von Lovecraft geschilderten Fliegenden Polypen und den Legenden über Wüsten-Djinns? Und wie hängen wohl Schoggotten, wuchernde Krebstumore und das Geheimnis des Lebens zusammen?
Warum finden wir es nicht heraus?

5. Untersuchungen und Experimente

Wenn wir über irgendwelchen Büchern brüten, um etwas zu recherchieren oder einfach nur zu lesen, könnten sich viele Dinge geradezu anbieten, um irgendwann in einem unserer Briefe aufzutauchen.

Normalerweise reichen einige kurze Notizen, um sich an den entsprechenden Passus zu erinnern, manchmal könnte es sich aber auch als interessant erweisen, längere Absätze in Gänze zu zitieren. Und selbst wenn wir nichts Interessantes finden, wer sollte uns daran hindern, irgendwelche fiktiven Quellen selbst zu erfinden oder Experimente in eingebildeten Laboratorien durchzuführen und später einen Bericht über die Ergebnisse unserer Forschungen zu veröffentlichen?

Das einzige Problem hierbei ist, dass wir glaubhaft bleiben müssen; ein solches Unterfangen erfordert insofern erhebliches Wissen in der jeweiligen Disziplin.

6. Schilderung unserer Abenteuer

Neben unseren Nachforschungen, Gedankenspielen und Untersuchungen können wir in unseren Briefwechseln natürlich auch unsere Erlebnisse der letzten Tage oder auch die Erinnerung an weiter zurückliegende Ereignisse nachzeichnen, vielleicht auch unerklärliche Vorgänge beschreiben, die wir angeblich erlebt haben.

Wenn wir uns im Rahmen eines Briefwechsels an einen gefahrvollen Ort begeben, können wir nach unserer Rückkehr über unsere Erlebnisse berichten: entweder direkt nachdem alles vorüber ist oder sobald wir uns wieder ein wenig gefasst haben. Es gibt aber auch einen anderen Weg, solche Ereignisse anderen Menschen zu übermitteln, nämlich sich im geeigneten Moment Notizen zu machen, Kommentäre und Gedankenspiele sofort niederzuschreiben, entweder in Form von einander folgenden Erinnerungsfetzen oder längeren Beschreibungen, vielleicht aber auch nur kurz und knapp, wie bei einem Journalisten auf der Jagd nach der nächsten Sensation.

Natürlich können auch wir nicht schreiben, wenn wir laufen oder im Dunkeln sitzen, nicht während eines vertraulichen Gesprächs oder bei anderen Handlungen, die unsere volle Aufmerksamkeit erfordern, aber durchaus im Verlauf einer Zugfahrt oder während wir in der feuchten Kammer eines Verlieses eine Ruhepause einlegen.

7. Briefe von unseren Reisen.

Dabei handelt es sich um eine ganz besondere Kombination von Handlung und Überlegungen. Solche Reisen sollten lange Expeditionen sein, die Monate oder zumindest Wochen dauern. Sie können uns an weit entfernte exotische oder gar erfundene Orte führen. Wir können dabei seltsame Kreaturen, verlorene Welten und andere unerklärliche Dinge finden, vielleicht aber auch einfach den Schrecken der normalen Welt erfahren, der hinter allen alltäglichen Dingen lauert, wenn man nur weiß, wo man suchen muss.

8. Familiengeschichten

Wie viele seltsame Geschichten haben wir als Kinder gehört? Sei es von unseren Eltern und Großeltern, von älteren Nachbarn und anderen Menschen mit weit zurückreichendem Gedächtnis? Geister, Phantome, Vampire, Hexen, Teufel, verwunschene Häuser, verfluchte Orte, legendäre Vorfahren, geheimnisvolle Ereignisse aus einer magischen und schrecklichen Welt ... alte Menschen lieben es, Kinder mit solchen Geschichten zu erschrecken. Erinnere dich wieder daran, was man dir damals als Kind erzählt hat.

Oder versuch jemanden zu finden, der dir diese alten Geschichten noch mal erzählt, und schreib sie dir auf. Natürlich sind einige dieser Gruselgeschichten nichts weiter als die überdrehte Phantasie des Erzählers, aber das ist eigentlich gar nicht so wichtig. Wichtig ist nur, dass er ein gutes Garn gesponnen hat, das sich sicherlich auch des öfteren als Ausgangspunkt für einen Briefwechsel in De Profundis eignet.

Darüber hinaus steckt in jeder Legende auch ein Körnchen Wahrheit. Heute kannst du diese Legenden ganz neu bewerten, kannst langsam bis in ihr tiefstes Inneres vordringen, ihre Wurzeln untersuchen, ihren historischen Hintergrund und ihre weniger bekannten Details erforschen, einfach ein wenig in der Vergangenheit herum wühlen.

Schließlich ist das nicht einfach irgendeine alte Geschichte. Es ist deine Geschichte, sie steht für deine Wurzeln. Wer waren deine Vorfahren wirklich? Was haben sie getan? Und du selbst, wer bist du? All das kannst du vielleicht dabei herausfinden. Wäre das nicht ein bisschen Arbeit wert?

9. Landschaften

Ein weiteres wichtiges Element für De Profundis sind Beschreibungen von Orten. Unsere unmittelbare Umgebung erscheint uns normalerweise langweilig und keiner eingehenden Beschreibung wert. Aber lass uns diese Plätze einmal von einer anderen Seite betrachten: der Empfänger unserer Briefe kennt diese Orte überhaupt nicht. Für ihn mag unsere Nachbarschaft sogar exotisch erscheinen. So lebst du beispielsweise in Deutschland, und wärst du noch nie hier gewesen, was wüsstest du von Polen, von den Menschen hier, von unserem Leben, unserer Kultur?

Doch selbst das allgemein Bekannte birgt ungeahnte Geheimnisse. Ich selbst lebe zum Beispiel in einem ruhigen, kaum erwähnenswerten Viertel voller Wohnblöcke, mit Wäldern, die sich bis zum Horizont erstrecken, wenn ich aus meinem südlichen Fenster schaue.. Als Kinder haben wir dort, tief im Innern des Waldes, einen einsamen, verrottenden Grabstein gefunden, aus der Zeit vor dem Ersten Weltkrieg. Er trug keinen Namen, nur ein Geburts- und ein Todes-Datum.

Vor ungefähr zehn Jahren hatten wir hier ein paar frei herum streunende Hundemeuten, jeweils etwa ein Dutzend hungrige aggressive Tiere; sie waren ein halbes Jahr lang der Schrecken der Umgebung, doch als man sie jagen wollte, waren sie auf einmal spurlos verschwunden.

Über der Tür zu unserer Kirche war früher ein riesiger Schriftzug angebracht, „Das Tor zum Paradies"; er wurde entfernt, als die Kommunisten ihn als staatsfeindlich einstuften.

Ich könnte so noch lange weiter erzählen, eine Liste zusammenstellen von Dingen, die den meisten Einwohnern meiner Gegend vielleicht noch nie aufgefallen sind, auf die sie noch nie wirklich geachtet haben. Und dabei ist das Gebiet, von dem ich erzähle, nichts weiter als eines von unzähligen ähnlichen Vierteln, gewöhnlich, öde und grau.

Für mich wäre es ein großartiges Erlebnis, Briefe von jemandem zu bekommen, der an der Küste lebt, in den Bergen, in einem Wald, nahe der Grenze oder in der Nähe eines Sees, von jemandem, der in einem kleinen Dörfchen lebt oder in einer großen Millionenstadt. Jeder Ort hat seine eigene Seele, jeder ist anders und verdient eine Beschreibung. Und jeder Ort verbirgt auch ein Geheimnis. Wenn nur der Autor das Potenzial vollends ausnutzt, das seine Heimat bietet, welche Möglichkeiten bieten sich ihm da? Wer weiß, ob es nicht einen fischigen Geruch gibt, der von den Docks herüber weht? Oder einen stadtbekannten Trunkenbold, der nächtens seltsame Geschichten in einsamen Gassen stammelt? Oder goldene Maisfelder, die ein ganzes Haus umgeben und in denen mysteriöse Irrlichter des Nachts umher schwirren?

In diesem Moment verwandelt sich unser allzu bekanntes eigenes Umfeld in ein Land voller Geheimnisse, mysteriös wie die phantasievolle Schöpfung eines Autors. Jeder Mensch lebt in einer Umgebung, die ihm selbst alltäglich und normal erscheint, aber anderen exotisch. Es wäre schade, diesen Umstand nicht auszunutzen.

10. Themen aus Phantasmagoria und Der Einsiedler

Während das Spiel sich bisher vor allem um das Schreiben und Lesen von Briefen dreht, ist noch genug Raum für andere Formen von Psychodrama.

Wenn die Spieler sich völlig der anderen Welt hingeben wollen, brauchen sie noch die zwei anderen Bücher, die zu De Profundis gehören und die ich dir bald näher beschreiben werde. Ihre Aufgabe ist es, zwei Arten von Leerräumen im Leben des Spielers auszufüllen: Momente der Einsamkeit und Reisen. Aber wie gesagt, dazu später mehr.

11. Normale Briefe

An irgendeinem Punkt während unseres Spiels können wir es uns sogar leisten, noch subtiler vorzugehen. Zum Beispiel könnten wir mit einer anderen Person eine gewisse Zeit lang einen völlig normalen Briefwechsel haben, und erst später könnte etwas im Hintergrund lauern, aus dem langsam der Schrecken geboren wird. Aber auch diese normale Korrespondenz sollte uns soviel Mühe wert sein, das wir sie interessant gestalten und sie uns vollends in Anspruch nimmt. Auch sollte sich in ihr immer noch ein wenig der Atmosphäre des Spiels widerspiegeln. Einen Anlass für eine solchen Korrespondenz zu finden, der den anderen Spieler auch überzeugt, wird allerdings ziemlich harte Arbeit sein. Diese Briefe müssen unsere Meisterstücke sein, geschrieben mit Feingefühl und einem Höchstmaß an Einsatz.

Natürlich habe ich die eben getroffenen Unterscheidungen nur der Bequemlichkeit zuliebe vorgenommen, und bestimmte Schriftstücke oder Briefwechsel werden Elemente all dieser Kategorien enthalten, ebenso wie viele andere Dinge, über die ich hier nicht gesprochen habe. Wahrscheinlich hast du sogar jetzt schon einige Ideen im Kopf, die nicht einmal näherungsweise in der obigen Liste auftauchen. Würdest du sie niederschreiben und mir in einem Brief zusenden?

Oder nein, mach das lieber doch nicht. Behalt sie für dich, denn dann kannst du mich ja in unserem eigenen De Profundis-Spiel damit überraschen. Wenn einem nun so recht gar nichts einfällt, kann man sich auch anderer Ideen (beispielsweise aus Büchern) bedienen und diese für seine eigenen Zwecke benutzen. Vielleicht hat uns aber auch ein bestimmtes Werk so fasziniert, dass wir seine Stimmung nachempfinden wollen.

Warum auch immer wir uns daran versuchen, zunächst müssen wir uns für ein bestimmtes Werk entscheiden, das wir als Vorbild nutzen wollen, nach dessen Welt wir uns richten wollen. Danach müssen wir uns das jeweilige Buch genauer ansehen. Glaub mir, es ist viel einfacher, darin Elemente zu finden, die wir für De Profundis nutzen können, als dies für ein normales Rollenspiel der Fall wäre. Dies liegt natürlich vor allem daran, dass die Grundprinzipien dieser Spiele gänzlich andere sind als diejenigen literarischer Werke, wohingegen De Profundis doch vieles mit solchen gemein hat.

Vielleicht sollte ich zur Sicherheit noch mal erwähnen, dass unsere Briefe natürlich keineswegs nur auf Werken Lovecrafts basieren müssen. Sie können sich jedes Horror-Hintergrunds bedienen, oder auch eines Hintergrundes, der (zunächst?) nicht das geringste mit dem endlosen und unbegreiflichen Schrecken zu tun hat. Vielleicht ist es auch ein Film, ein Comic, ein anderes Spiel, den wir als Grundlage eines Briefwechsels benutzen wollen. Aber woher auch immer wir unsere Inspiration beziehen, eins sollten wir dabei immer im Auge behalten: De Profundis darf sich nicht auf die Momente der Konzentration beschränken, in denen wir uns hinsetzen, um einen Brief zu verfassen, denn wenn es erst einmal so weit kommt, werden unsere Texte gezwungen und unecht erscheinen, werden an Qualität, Authentizität und Atmosphäre einbüßen.

Hast du dich je gefragt, was ein Maler fühlt, wenn er vor einer weißen Leinwand sitzt und plötzlich die Leere in seinem Kopf fühlt, aller Inspiration beraubt? Etwas paralysiert ihn. Genau das kann auch dir passieren, wenn du dich zwingst, zu einem bestimmten Zeitpunkt einen Brief zu schreiben, ohne dir vorher darüber Gedanken gemacht zu haben. Wenn du dich also hinsetzt, um einen Brief zu schreiben, musst du auch wissen, worüber du schreiben willst. Wir schreiben einen Brief aus dem Abgrund nicht, weil wir damit dran sind und über irgendetwas schreiben müssen, sondern weil wir etwas Wichtiges zu berichten haben: sensationelle Neuigkeiten, Entdeckungen, Abenteuer, neue Erfahrungen.

Mit anderen Worten, De Profundis beginnt nicht, wenn wir uns daran machen, einen Brief zu schreiben, sondern viel früher. An jedem Tag, in praktisch jedem Moment spielen

wir mit einem kleinen Teil unseres Verstandes, indem wir unsere Wirklichkeit bewusst wahr-
nehmen, unsere Umwelt näher betrachten, auf eine ganz besondere Art und Weise: durch die
Brille von De Profundis. Wir spielen, wenn wir durch die Straßen gehen, wenn wir in einem
Bus sitzen, wenn wir aus dem Fenster sehen usw.

Ich werde dir später noch mehr darüber erzählen, wenn wir über die beiden anderen Bücher
sprechen. Dennoch solltest du jetzt schon wissen, dass unsere Briefe sich bald vor allem mit
den beiden anderen Formen des Psychodramas beschäftigen, obwohl die erste Art, das Brief-
Psychodrama, am entscheidendsten für unser Spiel ist. Die beiden anderen treiben es jedoch
vorwärts; in ihnen erleben wir all das, was wir dann später, mit angemessenen Veränderungen,
in unseren Briefen beschreiben.

Manchmal müssen wir nicht einmal allzu viel verändern. Du verbringst deine Abende eingesperrt in deinem Arbeitszimmer, mit einer dampfenden Tasse Tee und einem Stoß Papier vor
dir. Dort liest du den Brief, den du gerade erhalten hast. Dort schreibst du auch deine Antwort nieder. An anderen Orten, zu anderen Zeiten besuchst du Bibliotheken, beobachtest düstere Häuser und seltsam aussehende Orte ... du spielst De Profundis! Wenn wir unsere
Realität wirklich benutzen, wenn wir versuchen, sie im richtigen Licht zu sehen, die Details herauszufinden und sie anschließend zu beschreiben (wenn auch verändert und auf die richtige Art
zusammengeführt), werden wir zu einem Ergebnis kommen, das wir uns in dieser Form niemals hätten ausdenken können. Wenn wir einfach nur am Tisch sitzen und uns fragen, worüber wir schreiben sollen, werden uns solche Szenen, Orte, Handlungselemente und Stimmungen
gar nicht erst einfallen. Die Dinge, über die wir schreiben, müssen selbst uns überraschen und
gefangen nehmen. Wir müssen sie nicht nur erdenken, wir müssen sie erleben! Meine Güte!
Jetzt habe ich schon soviel geschrieben, dass ich dir kaum genug Zeit gebe, um deine eigenen
Ideen zu notieren.

Vergib mir; ich habe in der letzten Zeit wie eine Maschine geschrieben, praktisch ohne
Pause. Ich wache am frühen Morgen auf und setze mich sofort an den Schreibtisch. Und ich
höre erst mitten in der Nacht wieder auf. Ich kann am besten nach Einbruch der Dunkelheit
arbeiten, wenn mir auch die Finsternis momentan viel zu kurz erscheint.

Ach ja, wie war eigentlich dein Mittsommer?

Auf jeden Fall wünsche ich dir viel Spaß beim Grübeln.

Bis bald.

Dein

Realismus und Atmosphäre

Lieber Ralf,

erinnerst du dich noch an die Gimmicks, die wir früher für unsere Rollenspielsitzungen benutzt haben? Die maschinengeschriebenen Seiten, die Briefe, die Tagebücher? Oder die anderen Sachen, die noch älteren, die wir damals einfach nur deshalb angefertigt haben, um zu spüren, wie sich der Schrecken und das Geheimnis anfühlen, damals, als wir noch nie von Rollenspielen gehört hatten und uns höchstens mal mit irgendwelchen primitiven Videospielen beschäftigt haben?

Diese Dokumente und Manuskripte sollten damals so authentisch wie möglich aussehen, und es kam überhaupt nicht darauf an, ob sie orthographisch und stilistisch hervorragend oder miserabel waren; es kam nur auf eine Sache an: Atmosphäre! Und ein solches Tagebuch in den eigenen Händen zu halten, eins der Werke des Wahnsinns, über die Lovecraft soviel geschrieben hatte, zu fühlen, dass unsere Welt nicht einfach nur grau und alltäglich war ... ja, das war es doch ...

Weißt du, das ist es auch, worum es bei De Profundis geht, genau das. Denk an das Mysterium der Phantasie, das Geheimnis, das unsere Welt in ein magisches Reich verwandeln kann. Das Ziel des Spieles ist es, eine überwältigende Atmosphäre und Wirklichkeitsnähe zu schaffen, den Schrecken in unsere Realität zu übertragen. Wir sollen unser alltägliches Leben für eine Weile hinter uns lassen und eine andere verborgene Realität hinter der Fassade unserer Welt erkennen. Unsere Briefe sollen den Empfänger glauben machen, dass alles, was wir geschrieben haben, absolut wahr ist. Wir bereiten ihn nach und nach darauf vor, Schritt für Schritt, Brief für Brief. Realitätsnähe und eine mysteriöse und von Schrecken erfüllte Atmosphäre passen dabei nicht unbedingt immer zusammen. Manchmal muss man das eine zugunsten des anderen opfern. Trotzdem sollte ein Höchstmaß an Realismus das Hauptkriterium unserer Briefe sein. Wenn du etwas in Deinen Briefen beschreibst, STELL DIR VOR, DASS DIES KEIN SPIEL IST! Versuch zu fühlen, dass alles, was du geschrieben hast, im Moment schreibst oder noch schreiben wirst, die Wahrheit ist. Versuch es, selbst wenn es dich große Mühe kostet. Bemüh Deine Phantasie. Vergiss die eigentliche Welt. Überwinde die Grenze zwischen Spiel und Realität.

Vielleicht wirst du dann plötzlich erkennen, dass nicht alles, was du geschrieben hast, so klingt, wie es sollte. Vielleicht wirst du deinen Brief zerknüllen und ganz von Neuem beginnen, denn du wirst spüren, was es heißt, die Wahrheit zu schreiben, eine Wahrheit so schrecklich und unglaublich, dass der menschlichen Sprache die Worte fehlen, um sie angemessen zu schildern. Plötzlich wirst du *keine* Geschichte mehr schreiben, es wird *keine* Literatur mehr sein. Und dann wirst du wirklichen Schrecken zu Papier bringen, ein wirkliches Geheimnis. Du wirst einen **Brief aus dem Abgrund** schreiben, einen Brief, den jeder, wirklich jeder, der ihn liest, einfach glauben muss. Es ist besser, von einem einfachen Schatten oder einem einzelnen Klauenabdruck zu schreiben, dies aber so real, dass der Empfänger in seinem Stuhl erzittert, als wenn wir von erschreckenden Abenteuern und bizarren Szenen berichten, diese aber einfach ohne das Gefühl wahren Schreckens herunterschreiben. Es geht nicht darum, eine gute Geschichte zu schreiben oder ein interessantes Spiel zu haben; es geht darum, die Grenze zwischen der Realität und dem, was wir schreiben, zu verwischen. Wir müssen jedes noch so kleine Detail beachten.

Das sind die einzigen wirklichen Regeln von **De Profundis**. Wenn du merkst, dass du nicht weiter kannst und langsam in eine unpassende Burleske oder bemühte Künstlichkeit verfällst, leg den Stift beiseite. Du kannst dich am nächsten Tag wieder um Deinen Brief kümmern, vielleicht auch noch am gleichen Tag, aber nicht jetzt. Wenn du dich dann wieder daran setzt, lies Deinen Brief sorgfältig noch einmal durch, hinterfrage ihn, korrigiere ihn.

Wann klingt ein Text wirklich, real? Hör dir echte Geschichten an, wie sie von den Leuten erzählt werden, besonders, wenn es darum geht, wie sie etwas Außerge- wöhnliches, Unglaubliches beschreiben. Denk noch einmal an die Geschichten, die du in der Vergangenheit von Deinen Großeltern gehört hast. Warum haben sie dich so beschäftigt? Weil sie dir, wenn auch nur in den Momenten, in denen du sie gehört hast, real erschienen sind.

Lovecraft war ein Meister dieser Art von Geschichte; um ein Gefühl für diesen Stil zu bekommen, lies dir noch einmal Zadok Allens Erzählung aus **Schatten über Innsmouth** durch. Sie ist in alltäglicher, nachlässiger Straßensprache geschrieben. Unliterarisch, unbeholfen, aber realistisch, steht sie im scharfen Kontrast zum Rest der Geschichte.

Ich denke, ich muss wohl nicht extra erwähnen, dass in einem **Brief aus dem Abgrund** kein Platz für irgendwelche Bemerkungen ist, die nichts mit dem Spiel zu tun haben, so wie „Hast du eigentlich das Rollenspiel-Abenteuer bekommen, das ich dir geschickt habe?" Der Brief muss vom ersten bis zum letzten Wort in der Welt unseres Briefwechsels bewegen, einschließlich der Kaffeeflecken und Eselsohren, die wir absichtlich hinzufügen.

Es gibt allerdings noch eine besondere Art von Brief, die wir noch näher betrachten wollen. Was ist wenn sich ein Spieler entscheidet, einen Ungläubigen, einen Skeptiker zu spielen? Dies ist eine ziemlich schwierige Aufgabe. Wenn ein Spieler die Rolle eines Zweiflers übernehmen möchte, der an nichts glaubt, was er nicht selbst gesehen oder berührt hat, so sollte er trotzdem darauf achten, dass er nicht die Atmosphäre zerstört, die von den anderen aufgebaut wird. Auch einen Ungläubigen kann man so spielen, dass er den Realitätsgrad der Kampagne erhöht, dass er zum Star der Kampagne und nicht zu ihrer Schande wird, wie es manchmal passiert, wenn ein Neuling sich zum ersten Mal an eine solche Rolle heranwagt. Es ist natürlich eine Frage der Intuition und des Gefühls, soviel sollte klar sein. Wenn der Skeptiker darauf besteht, das Mysteriöse zu verneinen, und die Wahrheit bekämpft, bis er sich ihr schließlich irgendwann doch unterwerfen muss, so kann er eine wunderbare Ergänzung der Kampagne sein. Wenn er sich jedoch darauf beschränkt, Witze über die „Monsterjäger" zu reißen oder sich über die anderen Charaktere lustig zu machen, wird er eher zu einem Störfaktor.

Du erinnerst dich doch bestimmt noch an diesen Idioten Max, der die ganze Zeit während unserer Spielrunden unterbrochen feixte, weil er dachte, er würde einen guten Eindruck hinterlassen, wenn er sich wie ein „Erwachsener" verhielt, zynisch und distanziert.

Aber denk auch an die meisterhafte schauspielerische Leistung von Michael, wenn er in die Rolle von Mister Gabriel schlüpfte, dieses ältlichen Gentlemans, der an nichts glauben wollte und selbst angesichts absolut unwiderlegbar übernatürlicher Phänomene skeptisch und „vernünftig" blieb.

Wie gesagt, es kann eine faszinierende Rolle sein, aber sicherlich auch eine der anspruchsvollsten und schwierigsten, die es überhaupt im Spiel gibt.

Übrigens, ganz nebenbei, ich wollte dir noch erzählen, dass ich in letzter Zeit hin und wieder draußen war, aber ich kam jedes Mal schnell zurück, um mich wieder an den Schreibtisch zu setzen. Es gibt noch soviel zu tun.

Darum denke ich auch, ich sollte wohl für heute Schluss machen mit dem Briefschreiben. Schließlich muss ich noch eine Tabelle von Charakter-Archetypen für das entsprechende Kapitel zusammenstellen.

Es ist inzwischen schon zwei Uhr nachts geworden. Der Regen trommelt von draußen an mein Fenster. Die leuchtende Scheibe des Mondes taucht am Himmel auf, dann verschwindet sie wieder, dann hängt sie plötzlich wieder im tiefschwarzen Nachthimmel. Vielleicht werde ich mich doch nicht ins Bett begeben. Ich habe noch so viele Ideen, und noch so viel Zeit bis zum Einbruch der Dämmerung.

Wir werden sehen, was sich daraus ergibt.

Schlaf gut, mein Freund.

Dein *Michael*

Interaktion

Ralf!

Tu es nicht! Geh auf keinen Fall nach Brudnice! Ich würde lieber selbst dorthin fahren und deiner Theorie auf den Grund gehen, als dass ich zulassen würde, dass du dich auf so ein leichtsinniges Unterfangen einlässt! Du kennst niemanden in dem Dorf, der dir helfen könnte, aber ich habe wenigstens ein paar Verwandte und Bekannte dort!

Außerdem weißt du beim besten Willen nicht, was dich in den Wäldern dort erwartet; du kannst dir nicht vorstellen, wie weitläufig sie sind, und wie leicht es ist, sich dort zu verlaufen. Von den anderen Dingen, die du dort vermutest, ganz zu schweigen. Ich verspreche dir, wenn ich das nächste Mal in der Gegend bin, werde ich mich dort umsehen und dir danach alles berichten, was ich herausgefunden habe. Sobald das Wetter aufklart und der Sommer wieder kommt. Im Moment ist es nämlich noch heiß am Morgen, bis zum Mittag. Doch dann frischt es auf, die Temperatur fällt, es wird dunkel und regnerisch. Was kann man schon bei einem solchen Wetter auf dem Land machen?

Es wäre schön, wenn das Wetter immer so wäre wie heute: eine angenehme warme Brise, ein bisschen Sonne, nicht zu heiß, aber auch nicht zu kalt. Und über all dem thronen die wundervollen, hellen Wolken am blauen Himmel. Aber ich fürchte, morgen wird es schon wieder wie aus Kübeln schütten.

Ich schreibe übrigens gerade an einem Kapitel für De Profundis, das sich mit Interaktion beschäftigt. Das Zusammenwirken der Mitspieler ist extrem wichtig bei unserem Spiel. Du kannst dir sicherlich denken, wo das Problem liegt, oder? Wir dürfen nicht vergessen, dass Brief-Psychodrama zwischen zwei (oder mehr) Personen stattfindet, und beide Seiten müssen sich an dem Abenteuer beteiligen, während es entsteht. Die Person, der wir schreiben, sollte dabei nicht einfach nur als passiver Empfänger unserer Ideen fungieren, als eine Art Briefkasten zum Sammeln unserer Geschichten. Wir müssen auf der anderen Seite aber auch vermeiden, dass beide Parteien einfach nur von ihren eigenen Aktivitäten und Abenteuern schreiben, ohne dabei auf die Ideen des anderen einzugehen. Mit solchen kommunikationsunfähigen Personen zu spielen dürfte schnell langweilig werden; es macht irgendwann auch keinen Sinn mehr, und der Briefwechsel würde einfach einschlafen. Wir müssen gemeinsam eine Geschichte erfinden, die Briefe müssen eng verbunden bleiben, müssen einander beeinflussen und formen.

Das ist das Herz des Psychodramas. Es kommt sowohl auf die Aufforderung als auch auf die Erwiderung an. Man muss Interesse an seinem Korrespondenzpartner und seinen Erfahrungen zeigen, es geht nicht einfach nur um „Ich will, ich habe, ich werde..." Auf die Anfragen des anderen Spielers zu antworten muss in deinem Brief mindestens ebensoviel Platz eingeräumt werden wie deinen eigenen Ideen.

Trotzdem ist es eher wahrscheinlich, dass jedes Mal, wenn Briefe ausgetauscht werden, die Rollen des aktiven und passiven Partners ziemlich klar definiert sind. In irgendeiner Phase des Spiels wird ein Spieler von seinen Abenteuern und seinen letzten Taten berichten, von seltsamen Ereignissen, die

er erlebt hat, und es erscheint nur angemessen, wenn sein Partner sich in diesen Phasen zurück-
hält und sich auf die Rolle eines Zuhörers oder Beraters beschränkt. Der Grund dafür ist natürlich, dass wir künstliche und unrealistische Situationen vermeiden wollen, in denen beispielsweise ein
Spieler beschreibt, wie sich die Mächte des Bösen seinem Haus nähern, wie Menschen sterben
und Schatten scheinbar lebendig werden, und als Antwort das Geständnis eines vor Angst zitternden Archäologen erhält, der erzählt, wie etwas in sein Haus eingedrungen ist, als er diese mysteriöse Statuette aus dem Irak mitgebracht hat. Eine Geschichte, die seltsame und unerklärliche
Phänomene und Abenteuer enthält, wird um ein Vielfaches realistischer und interessanter sein,
wenn diese Dinge nur einem der Spieler zustoßen. Sein Partner wird in der Zwischenzeit ein fried-
volles Leben führen: Bücher lesen, viel nachdenken, bestimmte Fakten überprüfen, Details herausfinden, Fragen stellen, Ratschläge und Antworten geben, Ereignisse und Ansichten kommentieren,
sein eigenes Wissen mit dem Partner teilen usw. Vielleicht wird er aber auch in die Geschichte des
Anderen eingreifen, sie übernehmen und mit den Fakten, die er aus den Briefen übernimmt, seine
eigene Geschichte erfinden, die er dann in seinem eigenen Umfeld weiter spinnt, jetzt selbst zur
Hauptperson geworden.
Wenn dies aber geschieht, so sollte es vorsichtig erfolgen, damit die Spieler in ihrer Sorglosig-
keit oder in ihrem Geltungsdrang, je nachdem, um was für Personen es sich handelt, nicht einander widersprechende „Fakten" erfinden, die den Realismus des Spiels untergraben.
Selbst wenn jedoch kein solcher Wechsel gewünscht ist, sollte der passive Spieler sich nicht einfach nur zurücklehnen, sondern ruhig auch von eigenen Erlebnissen und Erfahrungen berichten;
er sollte nur vermeiden, sich selbst zu sehr in den Vordergrund zu spielen.
Und keine Sorge, wenn der aktive Spieler sich mal wieder ein bisschen Ruhe gönnt, kann der
ehemals passive Spieler selbst aktiv werden. Wer weiß, ob das eigenartige Vorkommnis nicht
auch in seiner Umgebung irgendwelche Folgen gezeitigt hat, die nun sein Schicksal bestimmen?
Vielleicht wird sogar der ehemals aktive Spieler die Geschichte geschickt zu seinem Partner
hinüber leiten, dem er nun schreibt, weil das Grauen auf dem Weg zu ihm ist.
Dein Kopf sollte jetzt vor Ideen, Tricks und Täuschungen beinahe platzen. Man könnte
beispielsweise einen roten Faden an einen anderen Spieler weitergeben, dem Gegenüber
ein Puzzle präsentieren, das er lösen soll, geäußerte Meinungen des Partners anzweifeln,
sich über Interpretationen und Ansichten streiten, anderen ein Szenario präsentieren, mit
dem sie dann selbst arbeiten können, um jemanden in das eigene Abenteuer, in den eigenen Albtraum hinein zu ziehen. Solche Tricks funktionieren bei De Profundis genauso
wie bei einem normalen Psychodrama, und es gibt sicherlich viele weitere Tricks, die in
der großen weiten Welt nur darauf warten, entdeckt zu werden. Ich habe mir noch einige
weitere in mein Notizbuch eingetragen, aber die verrate ich dir noch nicht. Bereite dich
auf etwas ganz Spezielles vor, wenn wir unser eigenes Spiel starten.

Und damit wir das auch irgendwann tun können, hör bitte auf
meine Warnung, und halt dich fern von Brudnice!

Bis bald, mein Freund... ich hoffe darauf!

2l. Juli 2002

Das richtige Tempo

Hallo, Ralf.

Verzeih mir, dass ich mich erst jetzt
melde, aber ich bin einfach nicht dazu
gekommen.
Dieses Ding gestattet mir in den letzten
zwei Wochen kaum noch etwas anderes
zu machen; ich kann nur noch an De
Profundis schreiben.
Ich begreife inzwischen. Soweit ein
Mensch das Unbegreifliche überhaupt
begreifen kann.
Es ist nicht rational im menschlichen Sinne.
Es ist seltsam, fremdartig. Eine unglaublich hoch entwickelte Form von
Intelligenz, aber völlig änders als alles, was wir Menschen je als Intelligenz ent-
wickelt haben.

Ich muss schreiben.

~~Ich weiß nicht.~~ Ich weiß nicht warum, aber ich kann immer wieder einige
Worte der Warnung einfließen lassen, wenn auch manchmal nur zwischen den
Zeilen zu lesen. Es hindert mich nicht daran. Wahrscheinlich weiß Es, dass sein
Plan trotzdem funktionieren wird. Vor allem aber will Es, dass ich mein Werk
vollende und das Buch des Einsiedlers komplett rekonstruiere. Aber was wird
passieren, wenn ich fertig bin? Wie viel Zeit bleibt mir noch?

Ich kann nicht aufhören, darüber nachzudenken. Die Zeit fliegt gnadenlos vorbei.
Es ist Monate her, dass ich von der Vision des Spiels aus meinen Träumen
besessen wurde und mit dem Schreiben begonnen habe.
Und das Tempo bei De Profundis ist ähnlich. Ein entscheidender Unterschied
zwischen diesem Spiel und einem normalen Rollenspiel liegt in den erheblichen
Zeitunterschieden. Aufeinander folgende Briefe enthüllen mehr und mehr Ereignisse aus dem Leben eines Charakters. Wir erwähnen in einem Brief irgendeine

Sache, in einem späteren Schreiben fügen wir weitere Details und eigene Interpretationen hinzu, wobei wir auch die innere Einstellung des Charakters zu der Sache ein wenig verändern, ein weiterer Brief schildert dann neue Ereignisse um den Gegenstand des Interesses usw. Die Handlung entfaltet sich langsam, wir spalten unsere Geschichte in verschiedene Fäden auf, erschaffen Szenarien für unsere Briefe, denken uns im Schutz unseres Wohnzimmers sorgfältig immer neue Themen aus, in Ruhe und voller Konzentration. Wir erschaffen die Handlung selbst und beschäftigen uns dabei mit einem langsamen, ausgedehnten Prozess der Selbsterfahrung und inneren Verwandlung, der viele Monate andauert. Dadurch wird der Ablauf der Handlung eines solchen Briefwechsels komplett anders sein als ein traditionelles Rollenspielabenteuer.

Und dieser kriechende, flüsternde Wahnsinn aus der Tiefe der Sümpfe spielt mit mir auf genau dieselbe Art. Er verlässt mich und kommt dann doch wieder, er wird dabei immer **stärker**, und wenn ich sicher bin, dass das Ende kommen wird ... ist er einfach verschwunden. Aber er weiß nicht, dass ich das Buch verbrennen werde, sobald ich damit fertig bin. Niemand darf jemals davon erfahren. Was du in meinen Briefen erfährst, ist nur ein Teil des Spiels, eine grobe Skizze.

Ich schreibe, ich gehorche der mächtigen Stimme, die durch meinen Kopf dröhnt, aber ich verberge meine wirklichen Gedanken und Absichten in dem dichten Nebel, der sich aus Wahrheit, Lüge und Fiktion gebildet hat, der verhängnisvollen Mischung, die De Profundis eigentlich ausmacht.

Der Himmel über mir ist mit Flecken übersät. Sie leuchten, wässrig, entweder weiß oder strahlend blau. Manchmal schwebt eine riesige, dunkle Regenwolke vorbei.

Versteht du, was ich meine? Verstehst du es? Bitte, versteh es ...

Dein verzweifelter Freund

Die Verschwörung

Hallo, Ralf!

Du hast sicher Recht; ich habe wohl zuviel gearbeitet in der letzten Zeit. Und dabei ist es so heiß hier! Und so schwül!
Jeden Abend fegt ein starker Wind über die Landschaft und schleudert Staub und Blätter in die Luft. Danach kommen die Stürme und Regengüsse. Die Stürme sind aber nur kurz, vergehen schnell. Und auch der Regen versickert sofort in der gierigen, ausgedörrten Erde.
Ich habe übrigens deine Adresse an mehrere meiner Spieler weitergegeben; ich vermute also, dass der eine oder andere dir bald schreiben wird.
Dabei fällt mir ein, dass ich dir noch einiges erklären muss über den Austausch von Adressen zwischen Spielern im Netzwerk von De Profundis.

Zunächst einmal sollte ein solcher Austausch immer dem Kontext des Spieles folgen und nicht einfach so passieren, ohne angemessene Begründung.
Wenn beispielsweise einer deiner Briefpartner nach einer bestimmten Information über die Kultur des Alten Ägyptens sucht und ein dir bekannter Spieler im Netzwerk ein Archäologe oder Historiker ist, dann wäre das sicherlich die geeignete Möglichkeit, die beiden einander vorzustellen. Schreib einfach in deinen nächsten Brief, dass du jemanden kennst, der deinem Partner bei diesem speziellen Problem helfen könnte, dass diese Person sicherlich etwas weiß oder vielleicht auch bereits ein ähnliches Vorkommnis durchlebt hat. Füge dann den Namen der Person hinzu, zusammen mit einer kurzen Beschreibung und nicht zuletzt ihrer Korrespondenzanschrift.
Und vergiss nicht ihre zweite, ihre wirkliche Adresse. Wie wir schon gesehen haben, könnten sich Name und Adresse des Spielers, die wir draußen auf den Umschlag schreiben müssen, durchaus von der Anschrift des Charakters, den sie verkörpern, unterscheiden. Schreib sie auf einen separaten Zettel, damit sie nicht den Eindruck des Briefes stört. Vielleicht schreibst du solche Informationen aber auch auf die Innenseite des Briefumschlags. Wichtig ist dabei nur, dass allen Spielern klar ist, wie Ihr solche Dinge in Eurer Gemeinschaft regeln wollt.
Einer der Wege, das große Netzwerk zu betreten, besteht also auch darin, seine Mitglieder allmählich kennen zu lernen, erst durch eine Adresse, die du von einem Spieler mitgeteilt bekommst, dann indem du immer weiter verwiesen wirst (oder

andere Spieler an dich verwiesen werden). Wichtig ist dabei jedoch, dass wir nicht die beiden Zeitperioden miteinander verwechseln und auf einmal einen Charakter aus dem „Hier und Jetzt" mit der Adresse eines Charakters aus den „Zwanzigern" versorgen!

Und denk daran, wir müssen vorsichtig sein mit unseren Identitäten, damit niemand herausfindet, wer wir alle wirklich sind.

Du weißt ja, es gibt viele Masken, die wir alle tragen, Tag für Tag. Und ich frage mich bisweilen, welche Verschwörung sich hinter all dem wohl verbergen mag. Versteckt, verborgen in der Offensichtlichkeit unserer Welt, benutzen Mitglieder verschiedener Gemeinschaften Pseudonyme und falsche Adressen, unter denen sie ihre Post erhalten. Sie tauschen Gedanken und Meinungen aus, Wissen und Lügen, und bald weiß niemand mehr, was noch Wahrheit ist und was bereits Fiktion, was die Phantasie von der Wirklichkeit trennt.

Die Ignoranten der Welt, die graue Masse der ewig Dummen, sie werden den Unterschied nie bemerken, aber die Verschwörer kennen sich alle untereinander und wissen um ihre falschen und wahren Identitäten. Und wir können ihre Opfer sein, wenn wir zu unschuldig und naiv mit diesen Identitäten umgehen ...

In diesem Zusammenhang fällt mir übrigens noch etwas ein: einer meiner Briefpartner ist vor kurzem verschwunden. Er ist von zu Hause weggegangen; vorher hat er eine Einladung von einem Mann angenommen, mit dem er einen kurzen Briefwechsel hatte. Er ist bisher nicht zurückgekommen. Niemand von uns hat noch Kontakt mit ihm.

Denk immer daran, De Profundis ist kein Live-Rollenspiel, bei dem man auf irgendeiner angemieteten Burg herumturnt. Es ist die Wirklichkeit, und wer weiß, wer wirklich auf der anderen Seite deinen Brief öffnet. Diese Gefahr ist real, und man sollte solche Dinge ernst nehmen!

Pass also auf dich auf!

Dein Michal

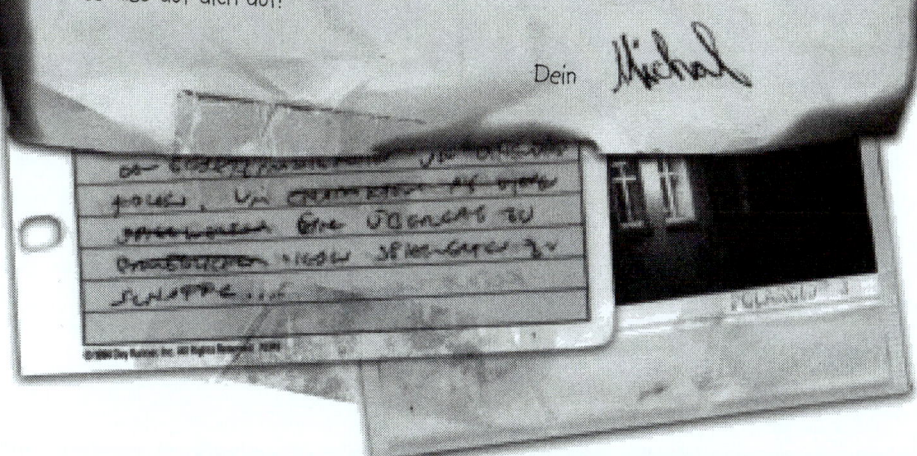

9. August 2002

Pakete und Tagebücher

Hallo, Ralf,

ich habe schon wieder einen Brief bekommen, oder besser gesagt, ein Paket mit einem Tagebuch darin. **Aber ist es wirklich nur eine Fiktion?**

Ich beginne daran zu zweifeln. Es fällt mir immer schwerer, die fiktiven Briefe, die aus dem Innern unseres Kopfes stammen, von den realen Briefen aus der realen Welt zu trennen. Eigentlich würde es gar keinen Unterschied machen, wenn sich unsere Wirklichkeit als so albtraumhaft herausstellen würde, wie wir sie in unseren **De Profundis**-Briefen beschreiben. Die beiden Arten von Briefen würden sich einfach gleichen. Sie wären alle einfach **Briefe aus dem Abgrund.**

Die Sonne brennt den ganzen Tag auf mich herab, und kein Lufthauch bringt eine Sekunde der Kühlung. Es ist heiß und stickig, und nur in der Nacht kann man auf ein wenig Abkühlung hoffen, wenn die Gewitter über uns hinweg ziehen. Aber ansonsten strahlt die Sonne unbarmherzig.

Ich habe in der letzten Zeit häufig über Dinge wie Interaktion, Briefstrukturen usw. geschrieben, Dinge, die man wissen sollte, wenn zwei Menschen einen längeren Briefwechsel vor sich haben.

Ich sollte also wohl noch einmal betonen, dass dies nicht die einzige Art ist, **De Profundis** zu spielen. Man kann sich auch entscheiden, einen völligen Einzelgänger zu spielen, einen extremen Außenseiter, eine Person, die nicht wirklich an irgendeiner Korrespondenz teilnehmen kann oder will. Nur unter dem Einfluss einzigartiger Erfahrungen und Ereignisse würde ein solcher Mensch den Entschluss fassen, einen oder mehrere Briefe zu schreiben, um seine Ängste oder Geständnisse jemandem mitzuteilen, der eventuell daran interessiert sein könnte, quasi eine Art blinde Kommunikation. Solche Briefe von zurückgezogenen Einsiedlern sind normalerweise Selbstgespräche, ähnlich einem Tagebuch, und der Schreiber rechnet auch gar nicht mit einer Antwort. Für einen vom Schrecken geschüttelten Einsiedler sind diese Briefe nichts anderes als eine Flaschenpost für einen Schiffbrüchigen; sie sind Hilferufe eines Verzweifelten.

Im Rahmen des Spiels jedoch müssen diese Briefe trotzdem interessant genug sein, um einen anderen Spieler zum Lesen zu animieren, ihn dazu zu bringen, sie zu beachten, zu lesen, zu behalten. Bei einem solchen Experiment, wenn wir nicht wirklich eine Antwort erwarten, können wir auch eine frei erfundene Absenderadresse auf den Umschlag schreiben oder den Brief einfach anonym absenden.

Eine weitere Modifikation von De Profundis könnte auch darin bestehen, ein Tagebuch oder Journal zu schreiben, das zunächst einmal nur für den Schreiber selbst da ist, bevor er es irgendwann an jemand anders schickt, vielleicht zusammen mit einigen relevanten Informationen, vielleicht aber auch einfach kommentarlos.

Ein handgeschriebenes Tagebuch ist eins der klassischen Mittel der Horrorgeschichte, normalerweise ein dickes Notizbuch, angefüllt mit Text und Kritzeleien, einzigartig, ohne dass irgendwelche Kopien davon existieren. Ein solches Werk ist von unschätzbarem Wert, nicht nur für den Autor, sondern auch für denjenigen, der das Buch erhält.

Man kann sich beim Erstellen eines solchen Tagebuchs vieler interessanter Techniken und Tricks bedienen. Man kann beispielsweise Seiten herausreißen und so den Eindruck erwecken, dass bestimmte Dinge selbst für einen Verzweifelten zu schlimm sein könnten, als dass er sie anderen mitteilen würde. Man kann auch Dinge hinein zeichnen, viel mehr, als man normalerweise in einem Brief finden würde. Es können Blätter beiliegen, Fotos, Zeitungsausschnitte.

Ein solches Manuskript ist viel mehr als nur das geschriebene Wort. Es strahlt eine unvergleichliche Magie und Atmosphäre aus.

Zur gleichen Zeit illustriert es aber auch einen neuen Trend in der Kunst, der sich in den vergangenen Jahren allmählich entwickelt hat: Kleine Kunstwerke, wie ein besonders sorgfältig geschriebener Brief, die nur für eine einzige Zielperson geschaffen werden. Vielleicht wird niemand außer dem Empfänger jemals einen Blick auf dein Werk werfen, wird die Mühe und den Aufwand würdigen, der hinter diesem Kunstwerk steht. Niemand wird das Resultat sehen. Aber denk nur mal darüber nach, wie viel Respekt für den Empfänger eine solche Arbeit ausdrückt! Und vor allem, sieh sie mal im Kontrast zur modernen Tendenz einer massenhaft reproduzierten Pseudo-Kunst, die eigentlich nur ein Verkaufsgut darstellt.

Den gleichen Respekt sollten wir natürlich auch beim Schreiben von Briefen haben, obwohl ein Brief natürlich normalerweise viel kürzer als ein Tagebuch ist und insofern viel weniger Mühe erfordert. Nachdem man sich aber all die Mühe gemacht hat, wird so mancher Spieler es wohl bedauern, dass seine faszinierenden Ideen nur einen einzigen Empfänger erreichen sollen. So mancher wird dann wohl rasch auf die Idee kommen, einfach einen seiner Briefe zu kopieren. Der gleiche Text kann an eine ganze Reihe von Korrespondenzpartnern gesandt werden, mit einigen leichten Modifikationen, die die jeweilige Kopie den Bedürfnissen des Adressaten anpassen. Der Brief muss natürlich in den ungefähren Kontext unserer Korrespondenz mit dieser Person passen, aber das sollte normalerweise kein Problem darstellen. Wir können fast identische, aber eben doch nicht gleiche Briefe an mehrere unserer Freunde schicken.

Und wo wir gerade bei alternativen Techniken für De Profundis-Briefe sind, sollten wir Pakete und Päckchen nicht vergessen! Ein Paket zu verschicken ist nicht allzu teuer, und der Effekt kann regelrecht elektrisierend sein! Stell dir vor, wir packen zum Beispiel einen seltsamen Stein, eine mysteriöse Statuette, ein seltenes altes Buch oder eine Phiole mit irgendeinem unbekannten Pulver hinein, legen einen Brief dazu, der sich auf den jeweiligen Gegenstand bezieht und auf einige besondere Details hinweist. Und jetzt überleg dir nur, wie viel Atmosphäre, wie viel Spannung ein solches Paket erzeugt! Natürlich können wir kleinere Objekte auch in einem normalen Brief mitschicken, aber der Effekt ist natürlich ungleich größer, wenn wir hin und wieder von diesem Standard abweichen.

Wir sollten es nur nicht übertreiben; das Außergewöhnliche ist nur so lange etwas besonderes, wie es nicht ständig wiederholt wird.

Aber lass mich an dieser Stelle schließen; ich habe heute Abend noch etwas vor. Heute Abend feiern wir hier ein paganistisches Festival, die Veranstaltung ist der Diana gewidmet.

Was mich heute den ganzen Tag nur gewundert hat, ist das dauernde Bellen und Jaulen der Hunde in der Nachbarschaft; sie sind irgendwie gleichzeitig aggressiv und ängstlich.

Ich bin mir sicher, es wird etwas Seltsames passieren, schon bald. Ich bin gespannt ...

Viele Grüße,

Michael

Die Metamorphose und das Ende

Hallo, Ralf!

Es ist nass und grau draußen, wie an jedem Tag seit über einer Woche. Es hat seit heute morgen in einer Tour geregnet, und es ist die ganze Zeit schon windig. Das soll der Sommer sein? Die Sonne kommt höchstens mittags mal kurz hervor, ist dann aber bleich und lichtlos, und am Morgen und in der Nacht kriecht die Kälte über das Land. Das ist die Wirkung von De Profundis, dessen bin ich mir sicher. Die Epidemie breitet sich aus. Ich kann mich kaum noch gegen Dunkelheit, Regen und Depressionen wehren. Die Kälte kriecht in mich hinein, macht sich dort breit und vertreibt die Hoffnung.

Erinnerst du dich noch an Gregor, der damals mit uns gespielt hat, der immer nur gelacht hat, der für alles einen dummen Spruch parat hatte? Es gibt keinen Gregor mehr, zumindest nicht so, wie wir ihn kannten. Er ist jetzt jemand anders. Ich habe Angst. Und es fing alles wie ein einfaches Spiel an. Steckt der Dorn auch schon in meinem Fleisch, der Dorn, aus dem Gift und Wahnsinn strömen?
Und dann war da noch Martin, mein Briefpartner, der verschwunden war. Erinnerst du dich noch? Ich habe in einem meiner letzten Briefe über ihn geschrieben.
Nun, er ist wieder da. Aber auch er hat sich verändert, ist nicht mehr er selbst. Sie alle haben sich verändert, sie sind jetzt Fremde. Sie lächeln in einer Tour, aber ich spüre die Leere, die Kälte in ihnen, wenn sie mich ansehen. Sie leben jetzt in einer anderen Welt, einer Welt, die wir nicht sehen können.

Ich verstehe es jetzt, jetzt wirklich. Die Metamorphose, die innere Verwandlung, sie ist das Ziel jedes Charakters, sie ist die Essenz dieses Spiels. Lovecraft hat so oft darüber geschrieben. Pickman, der Maler von Ghoulen, der sich langsam verwandelte und irgendwann selbst zu einem Leichenfresser wurde, um das Geheimnis dieser Wesen bis zu seinen Wurzeln zu verfolgen, um die letzte Grenze zu überschreiten und das Undenkbare denken zu können. Randolph Carter, der die größten Mysterien der Realität durchschauen wollte und sich auf die Suche nach dem Ursprung der Träume machte, nach dem Geheimnis der Nacht. Sie und all die anderen Charaktere, die bizarre, beängstigende Veränderungen durchleben mussten. Für viele von ihnen bedeutete die Veränderung auch gleichzeitig den Tod.
Der Tod. Ein weiteres Thema, mit dem sich die Autoren des Wahnsinns und Schreckens wieder und wieder beschäftigt haben. Bei De Profundis hat der Tod eines Charakters einen ganz besonderen Stellenwert. Er ist eine der Möglichkeiten, einen Briefwechsel zu

beenden, ein grausiges Ende auf dem Höhepunkt des Schreckens, beherrscht von blasphemischen Ereignissen. Aber zuerst musst du eins verstehen: der Tod ist ein Teil von De Profundis; wenn ein Charakter stirbt, so hat dies nichts mit dem Versagen seines Spielers zu tun. Vielleicht sogar ganz im Gegenteil, wenn er es nur richtig ausspielt. Der Tod eines Charakters sollte ein Abgang im großen Stil sein, würdig der großen Todesszenen der Literaturgeschichte. Das letzte Meisterstück, die verdiente Krönung des langen Abenteuers, das diesem Ereignis vorausgegangen ist. Der letzte Brief muss ein Kunstwerk sein. Ich habe mir viele Gedanken über diesen Teil des Spiels gemacht, und ich denke, die folgenden Ideen fassen recht gut die grundlegenden Möglichkeiten zusammen, die man hat, um seinen eigenen Abgang zu inszenieren:

• Der angsterfüllte Brief:

Dies sind die letzten Notizen eines Charakters, kaum noch lesbar, der Stil plump und von Entsetzen gezeichnet, das Ende vor den weit aufgerissenen Augen, immer wieder unterbrochen vom kurzen Aufblitzen des Verstehens, dem fiebrigen Wahn der Erkenntnis. Im Falle eines Tagebuches oder Journals kann man schreiben bis zum bitteren Ende, bis zum letzten, mittendrin abgebrochenen Satz und der letzten, von Krämpfen geschüttelten Zeile. Wenn es sich allerdings um einen wirklichen Brief handelt, sollte man bedenken, dass der Brief irgendwie noch zur Post gekommen sein muss; der Schreiber sollte dann auch erwähnen, wie dies geschehen ist, um den allumfassenden Realismus nicht zu gefährden.

• Der Abschiedsbrief:

Dieser wurde geschrieben, bevor der Charakter sich aufgemacht hat, um etwas extrem gefährliches zu tun, oder während er auf irgendetwas Unbegreifliches wartet, vielleicht auch, bevor er unsere Welt zu unbekannten Gestaden verließ oder seiner unerträglich gewordenen Existenz selbst ein Ende setzte.

• Die Unterbrechung:

Ein plötzlicher Abbruch des Briefkontakts, so dass der Kontext des vorhergehenden Briefes die einzige Chance des Adressaten ist, sich einen Reim auf das plötzliche Verschwinden des Charakters zu machen. Man kann sogar die völlige Mystifizierung versuchen: schick einfach alle Briefe, die an deinen verschwundenen (verstorbenen?) Charakter adressiert sind, zurück an den Absender; vielleicht ist dir auch danach, einem der zurückgesendeten Briefe eine schockierende Benachrichtigung beizulegen, vielleicht einen fingierten Zeitungsartikel oder den Brief eines anderen Menschen, der das Geheimnis um den Verstorbenen aufklärt.

• Die Wiederkehr:

Dies ist quasi die Fortsetzung der Unterbrechung. Ein seit langem verschwundener Charakter schreibt noch einen letzten Brief, in dem er berichtet, was ihn bislang davon abgehalten hat zu antworten. Vielleicht hat der Charakter sich aber auch auf eigenartige Weise verändert, spricht davon, dass er inzwischen etwas Neues, Einzigartiges erfahren hat; ist er noch derselbe, oder schreibt da eine ganz andere Person?

• Die herausgerissenen Seiten:

Diese Möglichkeit gibt es natürlich nur im Falle von Tagebüchern oder Journalen. Die letzten Seiten einer Kladde, herausgerissen und mit einigen wenigen Worten darauf, hingeschmiert, mit verwischter Tinte geschrieben, eher Gedankenfetzen als zusammenhängende Sätze.

Und? Was denkst du? Vermutlich würdest du deinen eigenen Abgang ganz anders inszenieren, oder?

Bei einem letzten Brief geht es nicht nur um den Inhalt, sondern vor allem auch um den Stil. Er sollte perfekt sein, bis ins kleinste Detail ausgearbeitet, so dass ein aufmerksamer Leser erkennen sollte, dass der Schreiber sich verändert, dass irgendetwas nicht in Ordnung ist. Dies könnte an der Handschrift liegen, an einer veränderten Wortwahl, an verschiedensten kleinen Nuancen. Für einen Brief, der im Freien verfasst wurde, können wir einen Bleistift benutzen, der, anders als ein Füller oder Kugelschreiber, nicht verschmiert, wenn er nass wird.

Noch etwas: wenn wir uns selbst spielen, sollten wir allzu drastische Erfahrungen vermeiden, und dazu zählt auch der Tod. Ja, es ist nur eine Fiktion, ein literarisches Spiel, aber trotzdem sollten wir hier ein wenig Zurückhaltung üben.

Wenn wir aber einen erfundenen, fiktiven Charakter verkörpern, können wir alles tun, was uns in den Sinn kommt, können Szenen und Geständnisse von langer Hand vorbereiten, die den Leser dann auf ungeahnte Weise schockieren oder mitreißen.

Also, denk mal darüber nach: wie würdest du selbst abtreten wollen?

Dein Freund

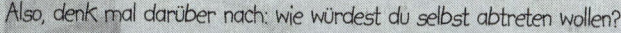

Bewahr deine Briefe auf

Sei gegrüßt, mein Freund!

Die Tage sind immer noch kalt, fahl und feucht, aber ich bin trotzdem fröhlich, als ob die Dinge, die um mich herum geschehen, mich eigentlich nichts mehr angehen. Die Straßen scheinen nur noch aus Pfützen braunen, schmutzigen Wassers zu bestehen. Ein infernalischer, wirklich, ein im wahrsten wie im übertragenen Sinne des Wortes infernalischer Sturm ist gestern über die Stadt hereingebrochen. Der Donner zerriss wieder und wieder die Stille der Nacht, blendend helle Blitze zuckten aus den tiefhängenden Wolken herab. Der Wind riss fast die Fensterläden von den Gebäuden, und der Regen prasselte gegen die Wände wie ein höllisches Trommelfeuer.

An irgendeinem Punkt in der Nacht befürchtete ich schon, der Sturm würde niemals enden, würde mich auf ewig in seinem wütenden Toben gefangen halten. Es dauerte fast drei Stunden, bis das Schlimmste vorüber war. Doch erst jetzt, im grauen Licht eines trüben Tages, kann man das Ausmaß der Schäden sehen.

Ich mache mit dem Sortieren von Briefen weiter, das ich in der vergangenen Nacht begonnen habe, als an Schlaf eh nicht zu denken war. Tja, unsere Korrespondenz hat zu einem ziemlich großen Stapel von Briefen geführt. Und es ist noch nicht vorbei. Und wenn es soweit ist, was wird dann sein? Nun, zumindest die Briefe werden noch immer da sein.

Darum noch einmal zur Klarstellung: wirf auf gar keinen Fall irgendwelche De Profundis-Briefe weg. Und nicht nur das: mach eine Kopie von jedem Brief, bevor du

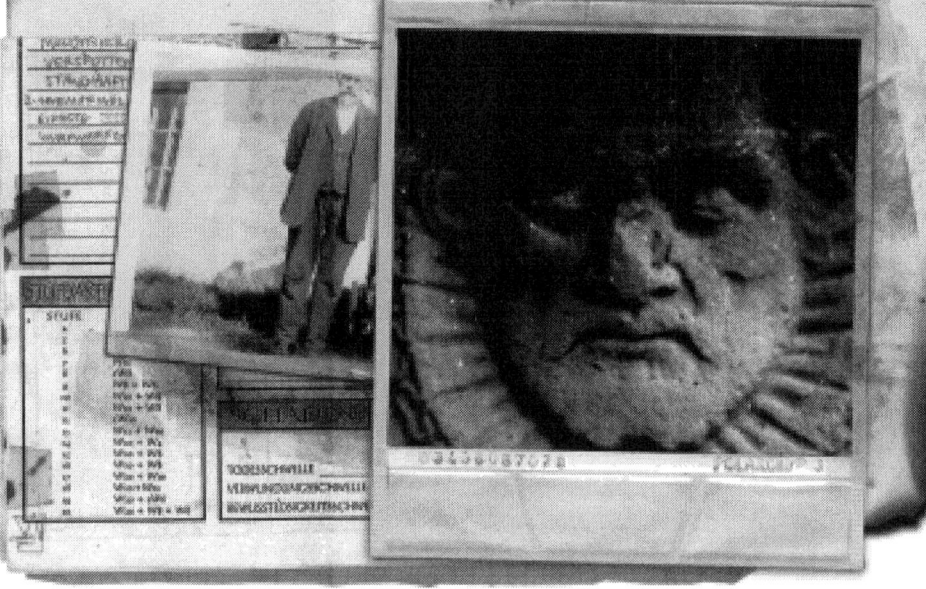

ihn weg schickst (ich hoffe, das hast Du in der Vergangenheit sowieso schon getan).
Du wirst deine ganze Korrespondenz noch brauchen, sowohl deine eigenen Briefe als
auch diejenigen, die dir von anderen Spielern geschickt worden sind. Jetzt fragst du
dich vielleicht, wofür du sie noch brauchst, wenn du sie einmal verschickt hast.

Nun, wenn du sie hintereinander heftest, aus ihnen einen einzigen langen Text machst,
hast Du etwas ganz Besonderes: eine komplette, hyperrealistische Geschichte! Bizarr,
voller Untertöne des Wahns und des Grauens, atmosphärisch, lang,
komplex ... die Liste möglicher Attribute könnte noch viel länger sein.
Sie ist das Ergebnis eines langen Briefwechsels, eine Geschichte von mehreren
Autoren, erschaffen aus De Profundis-Briefen. Alles, was du dafür tun musst, ist
sie in einen einzigen Text zusammenzufassen. Das ist einer der Gründe, warum wir
immer daran denken sollten, jeden Brief zu datieren. Später wird uns dieses Vorgehen
das Sortieren der Briefe erleichtern. Und natürlich ergibt eine solche Sammlung am
Ende des Briefwechsels auch ein faszinierendes Memento.

Briefe zu kopieren ist eine häufig benutzte Praxis in einer normalen Korrespondenz.
Wenn wir mit jemandem einen regelmäßigen Briefwechsel führen, erstellen wir von
jedem Brief eine Kopie. Diese Kopie legen wir in einem Ordner ab, das Original ver-
senden wir. Sobald die Antwort uns erreicht, werden wir zunächst unsere Erinnerung
auffrischen, indem wir unseren letzten Brief noch einmal lesen, und erst dann werden
wir uns mit dem neuen Brief beschäftigen, den wir gerade bekommen haben. So können wir die logische Folge unserer Briefe kontrollieren; wir können sehen, welche unserer Fragen beantwortet worden ist, welche Themen von unserem Gegenüber beachtet
worden sind.

Wir können die Realität unseres Spiels kontrollieren oder auch erneuern, wieder und
wieder. Und ist das nicht unser Ziel? Eine neue Form der Realität?
Also, setzen wir uns hin und erfinden wir Geschichten!

Spielen wir, spielen wir, spielen wir, und schauen wir zu, wie das Spiel immer weiter
wächst. Lassen wir ES in unsere Welt vordringen, laden wir ES ein, die
Menschen zu besuchen, die Massen zu erreichen! Dann werden wir eine
Sammlung unserer Geschichten veröffentlichen, und wir nennen sie De
Profundis! Es wird Hunderte, Tausende von Kopien geben! Sie werden jedermann
erreichen, werden in jedem Haus stehen! Und dann: De Profundis – Der Film!
Damit köennen wir noch mehr Menschen erreichen. Lass den Wahnsinn seine
Ernte einfahren! Lass den kriechenden Wahnsinn die komplette Welt
erreichen!
Hilf mir, hilf UNS!
Wir müssen etwas tun!

8. September 2002

Die Natur der Realität

Hallo, Ralf!

ES ist verschwunden! Ist jetzt alles vorbei? Vielleicht hat ES auch nur sein Ziel erreicht und ist weitergezogen, hat sich in die Welt hinaus begeben und sich jetzt vielleicht mit anderen Menschen zusammengetan, die das Spiel begonnen haben und ES weiter in die Welt hinaus tragen? Hat ES dich vielleicht schon erreicht? Kannst du ES fühlen?

Man spürt kaum, dass die Realität aus den Fugen geraten ist. Morgens geht die Sonne auf, als sei nichts geschehen, aber Kälte und Finsternis gewinnen recht bald die Oberhand über ihr warmes Licht. Man kann riechen, dass der Winter schon bald wieder über das Land kommen wird. Doch niemand ahnt auch nur, was er außer Schnee und Eis noch bringen wird. Auch ich weiß es nicht, aber ich habe eine Ahnung davon gespürt, erst letzte Nacht.

Ich war auf dem Weg nach Hause, auf dem Weg durch unser Viertel. Plötzlich hörte ich in der Ferne das metallische Kreischen einer Fabrik, von einem der Industriebetriebe, die den Horizont unserer schmutzigen Städte hier beherrschen. Wenn du nachts genau auf das hörst, was wir in der Stadt als Stille bezeichnen, wirst du in Wahrheit eine wahre Kakophonie von Klängen hören, Geräusche, die uns normalerweise nie zu Bewusstsein kommen. Knirschen, Brummen, Brüllen, Quietschen ... die Geräusche von Fabriken. Daran ist an sich nichts seltsam; wir hören jeden Tag diese Echos des Industriezeitalters, das Donnern, Klopfen und Schaben, so laut, dass die Luft diese Geräusche über viele Kilometer zu uns trägt. Sie durchdringen die Stille, und doch verstecken sie sich auch in ihr, bis wir sie kaum noch wahrnehmen. Doch eigentlich ist auch daran nichts seltsam. Es ist einfach nur, wie unsere Wahrnehmung funktioniert.

Was wäre aber, wenn sich dahinter doch ein Geheimnis verbirgt, ein Mysterium, dessen wir uns gar nicht bewusst sind? Vielleicht wird ja in einer dieser riesigen Fabriken eine riesige Kreatur aus einer uns unbekannten Dimension festgehalten, größer als alle

Lebewesen auf Erden? Vielleicht dringt dieses Kreischen und Schreien, das bei Nacht durch die scheinbar ruhige Stadt dringt, gar nicht aus irgendwelchen Metallröhren, sondern aus seiner gigantischen Kehle? Vielleicht ist das Objekt unserer größten Ängste gar nicht in irgendeiner fernen unbekannten Welt verborgen, sondern von jedem unserer Fenster aus sichtbar? Doch selbst wenn, wir könnten es dennoch nicht sehen, denn unsere Gewohnheiten und unsere alltägliche Sichtweise haben uns geblendet, und wir sind zufrieden mit den weithin akzeptierten Trivialitäten einer rational erklärbaren Weltordnung, die uns vorgaukelt, jedes einzelne Gebäude dieser Welt habe seinen ganz alltäglichen Zweck, die uns eine völlig normale Erklärung für alle Geräusche gibt, die wir des Nachts in der Stadt hören.

Doch was ist die Wahrheit? Vielleicht ist es doch die Bestie, eingesperrt in einen gewaltigen Käfig aus Metall und Beton, deren Stimme Nacht für Nacht wie Donnerhall durch die Dunkelheit schallt, während sie sich mit ihrem ganzen Gewicht gegen die Wände ihres Gefängnisses wirft.

Doch wir achten nicht darauf, wir wissen ja, dass es einfach nur die normalen Geräusche der Stadt sind, wie wir sie seit vielen Jahren kennen. Doch es gibt einige wenige, die sich mit diesen trivialen Begründungen nicht zufrieden geben wollen, die eine andere Wahrheit sehen wollen, eine weniger erklärbare Welt erleben wollen. Gehörst auch du zu ihnen? Möchtest auch du diese andere Welt sehen, sie selbst erfahren?

Setz dich einfach an dein Fenster und beobachte deine Nachbarschaft genau, bis hin zum fernen Horizont. Beobachte, und denk an all die Schrecken, die sich hinter der scheinbar harmlosen Welt verbergen könnten. Stell dir vor, du könntest dir einen Filter vor die Augen halten, wie vor das Objektiv einer Kamera, einen Filter, der dir das wahre Gesicht der Welt zeigt, die Fratze des Grauens, die sich hinter der langweiligen und doch beruhigenden Maske der Normalität verbirgt.

Und später, wenn du nach draußen gehst, egal, ob du zu Fuß gehst oder irgendein Fahrzeug benutzt, beobachte wieder sorgfältig.

Bis du wirklich siehst. Bis du erkennst. Bis du begreifst!

Ich habe dir versprochen, dass ich dir eines Tages über das Mysterium der Filter erzählen würde, die unsere Wahrnehmung der Realität verändern. Manchmal verwischen sich die Grenzen zwischen der Wirklichkeit und den wirren Phantasien unserer Vorstellungskraft. Manchmal sind wir in der Lage, etwas zu sehen, was die meisten anderen Menschen nie bemerken werden. Und manchmal erkennen wir sogar andere, die wie wir sehen können. Und SIE können uns ebenso erkennen wie wir sie.

Hast du jemals entsetzt die Hände über dem Kopf zusammengeschlagen vor Hilflosigkeit, wenn du versucht hast, jemandem zu erklären, was ein Rollenspiel ist, und dabei immer wieder in eine Wand der Verständnislosigkeit gerannt bist? Es sind immer wieder die gleichen Hindernisse, die der Vorstellungskraft im Wege stehen: „Was meinst du damit? Ihr sitzt um einen Tisch herum, und zur gleichen Zeit lauft Ihr durch eine andere Welt? Einfach so, ohne Spielbrett, ohne Computer? Ihr könnt diese Dinge doch gar nicht sehen, oder?"

Es ist sehr schwierig, die Grundlagen des Rollenspiels jemandem zu erklären, der noch nie etwas damit zu tun hatte und auch noch nie etwas Vergleichbares erlebt hat. Wir wissen, dass wir in unserer Phantasie in eine andere Welt gehen können, in der wir jemand anders werden können, alles, während wir um einen einfachen Tisch herum sitzen. Wir wissen es, denn wir haben es erlebt. Wie kann man einem Menschen ein Gefühl erklären, das er noch nie selbst gefühlt hat? Wie kann man einem Tauben begreiflich machen, dass Licht keine Geräusche macht?

Nun, bereite dich darauf vor, einmal in die Rolle des Fragenden, des Unverständigen zu schlüpfen, denn ich werde dir eine Spielform präsentieren, die völlig anders ist als das Rollenspiel, wie du es kennst, wahrscheinlich sogar anders als alle Spiele, die du jemals gespielt hast.

Wovon ich spreche, ist Feld-Psychodrama. Du kannst es für dich allein spielen, oder du kannst mit einigen anderen Personen um dich herum spielen. Die Entscheidung darüber liegt bei dir. Man könnte sagen, es handelt sich dabei um ein Brettspiel. Nur ist dein Spielbrett die Welt um dich herum, das, was wir die Wirklichkeit nennen, alles, was wir sehen, hören, ertasten, schmecken, fühlen können. Es kann eine Straße sein. Ein Viertel. Ein Korridor in irgendeinem Keller. Der Bus, der dich abends nach Hause bringt. Das Innere eines Bildes, das an einer Wand hängt. Die Aussicht aus einem Fenster.

Konzentriere dich und lass deine Phantasien die Welt neu formen. Kombiniere deine Vorstellungskraft mit deinen Wahrnehmungen, mit deinen Ängsten und Albträumen. Leg diese neuen Bilder über die Wirklichkeit, die du sehen kannst. Stell dir diesen Vorgang vor wie die Doppelbelichtung bei einem Film, das aus zwei getrennten Aufnahmen nachher ein einziges gemeinsames Bild macht. Erschaffe dir deine eigene doppelt belichtete Realität, indem du deine Wahrnehmung der Wirklichkeit mit den Bildern aus deinen Phantasien kombinierst. Spiel auf dem Brett deiner Umgebung mit den Figuren aus dem Innern deines Geistes. Sieh das Spiel. Spiele es, erlebe es und beschreibe es. Bring die normale Raum-Zeit zur Kollision mit der Vorstellungskraft.

Was du siehst und erlebst, wird viel schockierender und unglaublicher sein, als wenn du einfach nur deine Vorstellungskraft benutzen würdest. Eingesperrt in unsere heimischen vier Wände sind wir einfach nicht in der Lage, eine Szenerie so authentisch zu schildern, als wenn wir sie wirklich erleben. Die Details unseres grauen alltäglichen Lebens werden sich vor unseren Augen in ihrer vollen Greifbarkeit und scheinbaren Realität abzeichnen, Seite an Seite mit den Schrecken, die aus unserem Geist geboren wurden. Der Effekt wird zunächst vage sein, und du wirst einfach nur visualisieren, also versuchen, etwas anderes hinter dem zu erkennen, was du siehst. Später wirst du aber Erfahrung mit dieser neuen Art von Sinneswahrnehmung bekommen, genau so, wie einst unsere Erfahrung mit Rollenspielen wuchs. Dann wird

Phantasmagoria erwachen. Die Bilder werden lebendiger werden, sie werden deutlicher auf dem Spielbrett unserer Welt zu sehen sein. Phantasmagoria wird farbiger werden, greifbarer, tiefer, sie wird in deine Umwelt hinein wachsen.

Erinnerst du dich noch an die Nachtkreatur? Wir waren damals nach einer Spielrunde unterwegs nach Hause. Es war eine menschenleere Straße, erhellt nur von fahlgelbem Licht, das von den wenigen funktionierenden Straßenlampen herab strahlte, und die Schatten rings um uns herum, schwarz und scheinbar endlos tief, erschienen uns wie düstere Löcher in der Wirklichkeit, die an unbekannte, grauenvolle Orte führten. Wir gingen an einem Gullydeckel vorbei, und irgendjemand sagte: „Stellt Euch mal vor, wenn sich der Gullydeckel jetzt plötzlich zur Seite bewegen würde und ein verrotteter Arm aus der Kanalisation empor tastet!" Und ganz plötzlich sahen wir alle, wie es geschah!

DAS war Feld-Psychodrama! Wenn dir jemand davon einfach nur berichtet, reicht diese Erzählung nicht aus, um wirklich zu spüren, was in diesem Moment geschah, um den Effekt dieses quasi magischen Augenblicks zu fühlen. Das ist, worum es beim Feld-Psychodrama geht! Du musst selbst dort sein, wo die Welt sich verändert, um zu sehen, um zu fühlen. Stell dich auf das Pflaster der dunklen Straße, lausche der scheinbaren Stille der Nacht, spür die Kälte des Windes auf deinem Gesicht, sieh hinauf zum schwarzen sternenübersäten Himmel über dir, such den Mond hinter den weiß-umrandeten Wolken, sein kaltes Glühen, das wie die Wellen eines nächtlichen Ozeans auf dich zu rollt. Hör auf das Zirpen der Grillen, das Quaken der Frösche aus der Ferne. Achte auf den Geruch der kalten Nacht in deiner Nase.

Es reicht nicht aus, sich all das nur vorzustellen. Du musst es erleben! Du musst es mit deinen eigenen Fingern ertasten, mit deinen eigenen Augen sehen, mit deinen eigenen Ohren hören. Du musst die Situation als Ganzes erfahren. Nein, nur den größten Teil des Ganzen, den Teil ohne die eine Sache, die aus deiner Vorstellungskraft geboren wird, die der Szene hinzugefügt wird, die mit ihr zusammen eine Doppelbelichtung durchlebt. Wenn wir dort draußen sind, umgeben von realen Gebäuden, von den Geräuschen der Stadt, vom Heulen des Windes, in diesem Moment wird uns die visualisierte Szene treffen wie eine Kugel. Sie wird auf einmal WIRKLICHKEIT werden!

Wenn wir genug Erfahrung mit dieser anderen verborgenen Welt haben, werden wir auch irgendwann in der Lage sein, Trugbilder aus den verschiedensten Welten herbeizurufen. Was wäre zum Beispiel, wenn sich plötzlich ein riesiger Greifarm um den nächsten Wohnblock schlängelt, hinter ihm die Ahnung eines riesigen Leibes, der sich groß und unbegreiflich über die Häuser vor dir hinweg wühlen wird?
Nein ... nein, nein, für heute reicht es wirklich ...
Aber denk darüber nach; mal dir die Möglichkeiten aus ... ist es nicht unglaublich, wozu der menschliche Verstand fähig ist?

Der Schrecken hinter dem Sichtbaren

Es ist spät geworden heute. Die Nacht ist schon lange hereingebrochen. Ich habe das Gefühl, als sei es schon viel zu lange dunkel, als habe die Finsternis den endgültigen Sieg über das Licht davongetragen.

Ich gehe auf die Bushaltestelle zu, so wie jeden Tag. Der Stern ist wieder da; ich sehe ihn, und er sieht mich. Er beobachtet mich jetzt schon seit mehr als einem Monat. Er erscheint immer genau neben dem Mond, ebenso hell wie dieser. Manchmal erscheint er sogar in dem dunklen Bereich, in dem sich eigentlich noch der dunkle Teil des Mondes befinden muss. Dort kann kein Stern sein, und doch sehe ich sein Licht. Er schwebt dort oben, als warte er auf irgendetwas. Er pulsiert. Ich bin mir sicher, er strahlt eine unhörbare und doch immer vorhandene Nachricht aus. Er flüstert.

Ich gehe durch die Schatten, wo er mich nicht sehen kann, wo sein Licht nicht hin reicht. Es sind nicht mehr viele Menschen unterwegs um diese Zeit. Die anderen bemerken den Stern nicht. Eine Frau, der ich den Stern zeigen will, sieht mich verwirrt und ängstlich an, als sei ich verrückt, ein gemeingefährlicher Irrer mit Wahnvorstellungen. Sie sind blind, sie alle. Sie sehen die Wahrheit nicht.

Die Nacht ist das Reich der unbekannten Phantasie. Ich spiele Phantasmagoria bei Nacht. Ich tue es, wenn ich mich durch die Stadt bewegst, wenn ich zu Fuß gehe, mit dem Auto fahre, einen Bus, eine Straßenbahn oder einen Zug benutze. Natürlich kann ich auch am Tag spielen; ich tue es sogar oft. Aber in der Nacht finde ich einfach mehr von dem Mysterium, das sich De Profundis nennt. Die ganze Welt wird zu einem Mysterium, die Wirklichkeit ist verwoben mit der Unwirklichkeit, mit dem Land der Träume, die Trennlinie zwischen dem, was ist, und dem, was wir glauben, verschwindet fast gänzlich. Bei Nacht sind sie unterwegs, die Geister, die fremdartigen abstoßenden Kreaturen, die menschlichen und unmenschlichen Monster; sie alle verstecken sich zwischen den Menschen unter dem Mantel der Dunkelheit.

Jetzt sitze ich im Bus, auf dem halben Weg nach Hause. Der Bus hält. Ich schaue aus dem Fenster. In der Ferne kann ich gerade noch die heruntergekommene Hülle eines anderen Busses erkennen, wahrscheinlich irgendeine Nacht-Linie auf dem Weg ins Nirgendwo. Langsam rufe ich Phantasmagoria zu mir und beginne mit dem Spielen. Ich schaue immer noch auf diesen Bus. Ja … ich erinnere mich jetzt; ich habe ihn schon ein paar Mal gesehen. Niemals am Tag; man hat mir gesagt, dass die Nummer dieser Linie nicht einmal auf irgendeinem Fahrplan auftaucht. Der Bus ist ein altes, verdrecktes Wrack, das fast aus-

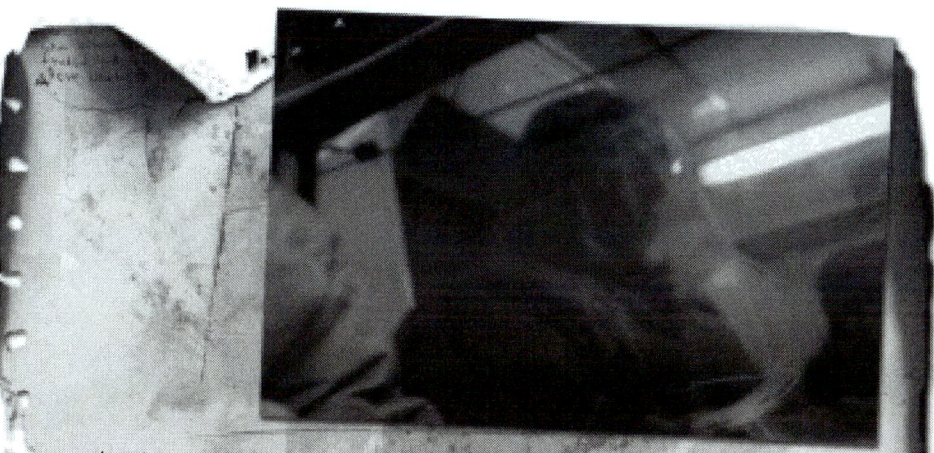

einander zu fallen scheint. Es nähert sich einer Haltestelle fast wie ein lebendes Wesen, wie ein Raubtier, das sich heranschleicht, jedoch immer knapp außerhalb des Lichtkreises der nächsten Straßenlaterne stehen bleibt. Nur die wenigsten Menschen steigen ein, die Verzweifelten, die Wagemutigen, die Neugierigen. Was für ein Bus aus der Hölle ist das, wer fährt ihn, wer sind seine Passagiere, wohin fährt er? Eines Tages werde ich es herausfinden. Wir verlassen jetzt die Bushaltestelle. Ein Kind, ein kleiner Junge, setzt sich neben mich, ruhig, ohne etwas zu sagen.

Phantasmagoria ...

Ich hatte ihn zunächst gar nicht bemerkt. Warum auch? Er war einfach nur ein Kind, das sich zusammen mit seiner Mutter auf den Weg nach Hause macht. Ich hatte mir nichts dabei gedacht. Der Bus war voll, er hatte sich neben mich gesetzt, na und? Bis zur dritten Haltestelle, als er aufsteht, habe ich kaum auf ihn geachtet. Doch dann sehe ich mich nach ihm um. Ein Junge, vielleicht fünf Jahre alt. Erst jetzt fällt mir auf, dass er allein ist, dass keine Mutter bei ihm ist, kein Vater oder großer Bruder, einfach niemand! Aber er wirkt nicht ängstlich oder verloren. Eigentlich eher das genaue Gegenteil, ein selbstbewusstes Kind, eher ein wenig zu aggressiv, wild. Er verlässt den Bus, dreht sich dann jedoch noch mal um und sieht ihm beim Abfahren nach. Er grinst dabei. Ich sehe seine fauligen Fänge, wie Dutzende kleiner Dolche.

Nein, genug ist genug. Es muss aufhören! Jetzt!

Ein seltsamer Landstreicher steigt in den Bus ein. Er ist wohl ein Straßenmusiker, er trägt einen Geigenkasten bei sich. Aber seine Augen! Sie blickten gehetzt, ängstlich, wissend. Unsere Blicke kreuzen sich nur einen Sekundenbruchteil, dann sahen wir beide voneinander weg. Die anderen Passagiere bewegen sich unbewusst von dem Mann weg, als würde irgendein urtümlicher Instinkt in ihnen die Gefahr erkennen, die von ihm ausgeht. Dabei sahen sie ihn nicht einmal an; einige setzten sich sogar um, ohne von ihrer Zeitung aufzusehen. Ich wundere mich nicht wirklich, als der Mann plötzlich verschwunden ist, obwohl wir an keiner Haltestelle gestoppt haben.

Wir fahren an dem riesigen Park in Chorzow vorbei, der durchbrochen ist von Pfaden und Straßen, auf den ersten Blick eine Oase friedlicher Natur, und doch voller Gebäude, Skulpturen und Teiche, ein wahres Labyrinth mysteriöser und verborgener Plätze. Wir fahren schneller, lassen die breiten Alleen hinter uns, die Wege, die sich in der Finsternis verlieren, die hinauf führen zu den Zäunen. Jetzt sind all diese kleinen Seitenwege in der allumfassenden Dunkelheit unsichtbar geworden. Die wenigen Lampen scheinen nur auf die große Hauptallee, der Rest des Parks liegt nach Sonnenuntergang im Dunklen.

Wir fahren an einem Licht vorbei, einem fahlen gelblichen Glühen, das hinter einigen Bäumen frei in der Luft zu schweben scheint. Es muss ein Fenster sein, ein Zeichen von Licht und Wärme in der kalten Nacht. Ich sehe ein Fensterkreuz, Vorhänge, wehende Gardinen. Aber ... hier gibt es gar kein Haus! Ich weiß genau, dass dieser Teil des Parks nichts weiter ist als ein kleiner Hügel, überwuchert mit Büschen und Unkraut. Ich will mir das Licht genauer ansehen, doch mir bleibt keine Zeit dafür; der Bus fährt weiter, und das Licht verschwindet hinter mir in der Finsternis. Ich werde morgen Abend noch einmal danach sehen. Ich weiß ja, welche Haltestelle in der Nähe ist. Dann passiert der Bus ein Monument, die Statue irgendeines Helden, ein düsterer Schatten in der tintigen Schwärze der Nacht. Doch was war das? Habe ich mir nur eingebildet, etwas zu sehen, oder hat sich das Standbild wirklich bewegt? Nein, es muss nur eine Illusion gewesen sein ...

Der beste Weg, die Wirklichkeit um dich herum zu filtern, ist der, einen Zustand kontrollierter Paranoia hervorzurufen, vielleicht auch der Schizophrenie. Du siehst etwas, und du weißt einfach, das es sich dabei um De Profundis handelt. Du kannst bis zum Grund der Wirklichkeit sehen, erkennst die verborgene Seite der Welt, die grässlichen Fratzen der Monster und Mysterien, die unsere Welt in ihren unscheinbaren Verkleidungen durchwandern. Du kannst durch all dies hindurch sehen, du siehst hinter den tarnenden Vorhang der Rationalität. Und du beginnst langsam die Details zu erkennen, die dir bislang verborgen geblieben sind.

Jetzt wandere ich eine düstere Allee entlang. Ich gehe an Wohnhäusern vorbei, an Eingängen und Torwegen, dann an einem einsamen Stadtstreicher, der zusammengerollt vor einer Tür liegt. Ich drehe mich um, um noch einmal nach ihm zu sehen, aber ... es ist niemand mehr da! Wie kann das sein? Ich habe ihn gesehen, noch vor wenigen Sekunden war dort die dunkle Silhouette eines Mannes, der strenge Geruch von Schweiß, Urin und Alkohol. Das kann ich mir doch nicht eingebildet haben ...

Wenn du durch die Stadt gehst, findest du immer wieder Indizien, die auf ein düsteres Geheimnis hinweisen, überall um dich herum, manchmal kaum mehr als eine Armeslänge von dir entfernt. Du musst einfach nur danach greifen und das Geheimnis entschlüsseln. Du beginnst Phantasmagoria, und der Wahnsinn öffnet seinen gähnenden Schlund.

Ich war an diesem Morgen in einer nahegelegenen Stadt. Ich war eine Stunde zu früh dran für meine Verabredung und musste irgendwie die Zeit bis dahin totschlagen. Also marschierte ich zunächst einfach die Hauptstraße hinunter, drehte mich dann um und ging wieder zurück, immer auf der Suche nach einem interessanten Geschäft, vielleicht einem Buchladen oder einem Verkaufsstand für interessante Kunstgegenstände. Aber nichts.

Ich ging zurück zu der Firma, bei der ich einen Termin hatte, aber ich hatte immer noch eine halbe Stunde Zeit. Also spazierte ich die gleiche Straße noch einmal hinunter und wieder zurück. Inzwischen ging ich die gleiche Strecke also zum vierten Mal. Ich achtete dabei sehr auf meine Umgebung, wie ich es immer tue, seit *De Profundis* mich berührt hat, und plötzlich sah ich es. Erst beim vierten Mal!

Hinter einer alten zerbröckelnden Steinmauer sah ich die riesige goldene Kuppel einer Basilika. Wie hatte ich viermal an diesen monumentalen Ruinen vorbeigehen können, ohne sie zu bemerken? Sie lagen direkt hinter einem Zaun, nur verborgen von ein wenig Unterholz und einer Reihe heruntergekommener Garagen und Hütten. Es war fast, als läge ein unbekannter Zauber auf dem imposanten alten Gemäuer, ein Zauber, der die Aufmerksamkeit von ihm ablenkt, die Kirche vor den Passanten verbirgt, selbst vor den Einheimischen.

Jedes Mal, wenn ich daran vorbei gegangen war, hatte ich nur den Vordergrund gesehen: die Mauer, etwas Gras, die geteerten Dächer der halb zusammengefallenen Hütten hinter dem Zaun, nichts weiter als ärmliche Slums, Gestalt gewordene Zukunftslosigkeit. Wie konnte mir die alte Steinmauer weiter hinten entgehen, die sich bis zu der Reihe von Wohnhäusern an der Straße ausdehnt, als umgebe sie einen Park? Und hinter der Mauer, zwischen einigen Bäumen, stand das ehrwürdige runde Gebäude, eine Kuppel unter einem riesigen grünen Pflanzendom. Von dem Moment an, in dem ich die Basilika zum ersten Mal sah, spürte ich die bizarre Anziehungskraft, die von ihr ausging, doch weder die Einheimischen mit ihren Hunden noch andere Passanten sahen irgendetwas; sie bemerkten das Bauwerk einfach nicht. Als ich später im Bus einige Leute nach dem geheimnisvollen verborgenen Gebäude fragte, wussten sie nicht, wovon ich sprach. Oder vielleicht wussten sie es auch ganz genau und sprachen nur nicht mit mir darüber, einem Außenseiter. Also bleibt mir nur noch, bei meinem nächsten Besuch in dieser Stadt die Basilika selbst aufzusuchen und durch das Bogentor in der Steinmauer zu gehen.

Phantasmagoria kann eine ganze Serie von Expeditionen zum gleichen Ort sein. Jedes Mal entdecken wir neue Details, sammeln neue Erfahrungen. Wir kehren nach Hause zurück, schreiben alles in einem Brief oder einem Tagebuch nieder, und ein paar Tage später besuchen wir den gleichen Ort noch einmal. Vielleicht machen wir auch nur ein paar kurze Notizen auf den Seiten einer kleinen Kladde.

Phantasmagoria ... sie kommt immer öfter zu mir ...

Es ist Nacht, und ich gehe wieder durch eine dunkle Allee zwischen zwei Reihen von Wohnhäusern. Ein anderer Passant schlurft vor mir die Straße entlang. Plötzlich bemerke ich seine rechte Hand, die aus dem Mantelärmel hervor ragt, die sich öffnet und schließt, öffnet und schließt. Dann verändert sie sich, langsam, unmerklich, bis sie plötzlich anders ist als zuvor. Ich sehe drei lange schwarze Finger, fast wie die Krallen eines monströsen Greifvogels ... drei scharfe Klauen recken und strecken sich, bereit, die nächstbeste Kehle zu zerfetzen ... hast du schon einmal von der Legende gehört, dass der Teufel von der Hand eines Menschen Besitz ergreifen kann? Man sagt, eine solche Hand habe dann nur noch drei klauenbewehrte Finger.

Ein anderes Vorkommnis: ich schaue in den Badezimmerspiegel und hinter meinen Augen und er-

19. September 2002

Ich weiß nicht, ob bei euch etwas von den seltsamen Bau- und Abrissarbeiten in der Nähe von Katowice in den Zeitungen stand? Angeblich wollen sie dort eine neue Autobahn bauen. Sie reißen Straßen und Brücken auf, brechen einzelne Häuser, manchmal sogar ganze Plattensiedlungen ab. Aber es gibt keine neue Autobahn dort. Sie suchen nach irgendetwas.

Es gibt mehr zu sehen, als der erste Eindruck uns glauben machen will. Alles, was du tun musst, ist deine Augen weit geöffnet zu halten und die kleinen Stückchen der anderen Seite der Realität wahrzunehmen. Lass dich nicht von den simplifizierenden Paradigmen der Masse täuschen; sie sorgen dafür, dass die Menschen allem gegenüber blind werden, was nicht in ihr kleines begrenztes Weltbild passt.

Weißt du nun, was **Phantasmagoria** ist? Hast du die Methoden erkannt, derer sich diese Art des Psychodramas bedient? Probier es am besten einfach selbst, auch wenn es dir zunächst schwierig erscheinen wird. Beobachte dich selbst dabei, wie du mögliche Themen und Ideen aus deiner Umgebung aufnimmst, wie Interpretationen in deinem Kopf entstehen, wie du sie weiter ausführst, sie erweiterst, sie immer weiter entwickelst. Weißt du jetzt auch, wie du die Ergebnisse deiner Überlegungen später niederschreiben sollst? Ich denke schon. Ich vertraue dir. Das weißt du.

In der letzten Zeit haben die Sonnenuntergänge bei uns den Himmel und die Erde mit ihrem Glühen rot gemalt. Die Tage werden langsam wieder kürzer. Der Himmel ist voller Wolken, es ist ziemlich dunkel, aber nur selten wirklich kühl. Gerade eben ist ein warmer Regen mit dicken Tropfen heruntergekommen. Jetzt, wo er vorüber ist, ist es ziemlich schwül, der Geruch von verdunstendem Wasser liegt in der Luft. Ich weiß jetzt, was ich tun muss.

Ich muss nach Brudnice gehen. Ich muss die Quelle finden, den Ursprung dieses ganzen Wahnsinns. Ich muss die Wahrheit herausfinden. Ich muss zu dem Ort gehen, an dem dieser Albtraum geboren wurde. In den Wäldern dort hat alles begonnen. Ich muss die Lichtung aus meinem Traum wiedersehen. Existiert sie wirklich in unserer Welt? Gibt es dort die Hütte, in der das Spiel auf dem Tisch liegt? Den Sumpf? Das Ding in seinem Innern? Sind sie dort? Ich muss es wissen.

Michael

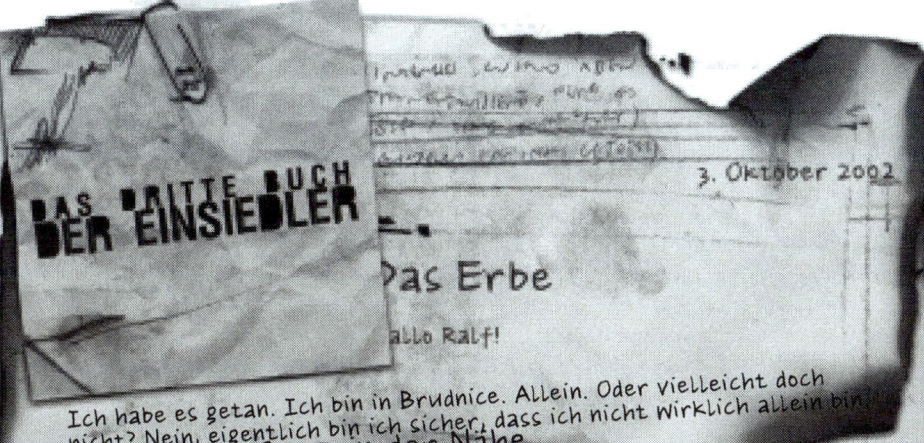

3. Oktober 2002

Das Erbe

Hallo Ralf!

Ich habe es getan. Ich bin in Brudnice. Allein. Oder vielleicht doch nicht? Nein, eigentlich bin ich sicher, dass ich nicht wirklich allein bin. ES ist hier. Ganz in der Nähe.

Ich spiele. Du wirst mir vielleicht nicht glauben, aber ich spiele ganz für mich allein De Profundis, spiele nach dem dritten Buch. Aber frag mich nicht danach, denn ich werde dir nicht erzählen, worum es bei diesem letzten Teil des Wahnsinns geht. Denn du bist mein Freund. Ich werde es weder dir noch sonst jemandem erzählen. Vergiss alles, was ich dir darüber gesagt habe. Such nicht nach dem, was du nicht weißt, was du am besten niemals wissen solltest.

Ich bin jetzt vollends in das Reich von De Profundis übergewechselt. Ich würfele und lese die Ergebnisse aus Tabellen ab, die ich erschaffe, während ich spiele. Ich habe viele Notizbücher vollgeschrieben. Doch wenn irgendwann jemand diese Tabellen findet und sie liest oder nach ihnen spielt, wird er sicherlich verrückt werden. Nur ich kann sie verstehen, denn ES und ich sind jetzt eins geworden. Es ist zu spät. Ich bin zu weit gegangen, es gibt kein Zurück mehr für mich. Ich zeichne Tabellen, schreibe, würfele, spiele. Ich muss das Ende des Spiels erreichen. Das ist der einzige Ausweg, der mir noch offen steht.

Der Wind treibt einige graue Nebelschwaden über den Himmel. Seltsam, aber es ist immer noch sehr warm, obwohl es ja schon Oktober ist. Doch eigentlich bedeutet das Wetter mir nicht viel. Ich sehe hinaus und betrachte die Nebelschwaden am Abend. Auch am Morgen. Die Sonne bleibt den ganzen Tag knapp über dem Horizont hängen.

Ich habe mir selbst einen Charakterbogen gemacht, wie für ein Rollenspiel, doch er ist nicht wie all die zahlenorientierten Beschreibungen, die du bislang gesehen hast. Ich fülle den Bogen langsam aus, Wert für Wert, einfach indem ich spiele. Nun weiß ich, was mit mir passieren wird, wenn ich am Ende alle verschlungenen Windungen durchschaut habe.

Ich habe über der Landkarte gebrütet, die ich für das dritte Buch von De Profundis gezeichnet habe. Natürlich war das Haus meiner Groß-

mutter die erste Landmarke, die ich darauf eingetragen habe. Dort
sitze ich jetzt auch und schreibe diese Zeilen.
Danach habe ich einige weitere Häuser eingetragen, die Straße und das
ganze Dorf, dann die verschiedenen Straßen und Pfade, die von dort
aus in den Wald führen. Ich teile dies alles auf, in Kreise, Rechtecke,
Felder, Gebiete. Dann würfele ich wieder. Auf dieser Landkarte spiele
ich mein letztes Spiel. Die Tabellen und der Würfel lassen mich die
Länder meiner Phantasie durchstreifen. Ich entdecke die Geheimnisse
meines Verstandes, erkenne Teile meines Selbst, von denen ich vorher
nicht einmal geträumt habe. Ich
hätte niemals erwartet ...

Gestern habe ich einen Dämon erschaffen
und ihn oben auf dem Speicher erscheinen
lassen. Leider habe ich ihm dabei Hufe
gegeben, und jetzt muss ich ständig sein aufdringliches Tram-
peln dort oben ertragen. Ich
hätte ihn fliegend erschaffen sollen, ja,
das wäre die Lösung gewesen ... obwohl,
hätte ich nicht auch seine
Schwingen gehört, wie sie flat-
tern?
Übrigens werde ich heute Nacht die Resultate
eines Experiments überprüfen. Ich arbeite den
ganzen Tag schon an den Regeln dafür, schreibe
die notwendigen Tabellen und Listen auf. Diese
Regeln müssen größer und komplexer sein als
der Reisemechanismus, den ich für meine Landkarte entwickelt habe!
Aber natürlich werden auch die Reiseregeln wieder wachsen, sobald
ich mich nach meinem Experiment wieder mit ihnen beschäftigen kann.
Es gibt keinen Spielleiter hier, der mir vorschreibt, was ich zu tun
habe, keinen Schiedsrichter, der auf die Einhaltung der Regeln ach-
tet, aber ich betrüge nicht, denn wen würde ich schon betrügen außer
mich selbst? Ich würfele einen einzelnen Würfel und überprüfe das
Ergebnis. Das Spiel ist zu nahe an der Realität. Hier würde Schum-
meln bedeuten, dass ich langsam den Verstand ver-
liere. Ich würde mich auch langsamer weiterentwickeln, würde an
Erfahrung verlieren. Das kann ich nicht zulassen!

Und so bin ich in Brudnice, allein. Ich zeichne Tabellen, schreibe Regeln. Das Spiel, das dabei entsteht, widersetzt sich jeder Beschreibung, aber es funktioniert. Es transportiert mich in eine andere Welt, vielleicht in die, die sich in unserer eigenen verbirgt.

Ich würfele ...

Ich stehe vor einem alten einsamen verlassenen Haus am Rande der Ortschaft. Es ist auf allen Seiten von Bäumen umgeben; sie sind überall. Etwas jagt mich, aber ich werde in diesem Haus vor ihm sicher sein. Ich laufe, aber die Erschöpfung fordert jetzt endgültig ihren Tribut. Ich muss sehr lange durch den Wald gestreift sein. Die Tür ist geschlossen, aber zum Glück gelingt es mir nach einer Weile doch noch, die Tür zu öffnen. Ich bin im Innern des Hauses. Oh! Ich habe meinen Würfel verloren; er ist unter den Tisch gerollt. Ah, da ist er ja!

Ich schaue mich um. Staub, Spinnweben, der Geruch von Moder und Verfall in der Luft. Hier war seit langer Zeit niemand mehr, wahrscheinlich schon viele Jahre. Oben werde ich bestimmt einen Tisch finden.

Ich warte jetzt schon seit einigen Stunden. Es hat angefangen zu regnen, und es wird allmählich dunkel. Irgendetwas schleicht um das Haus herum. Ich werde zur Sicherheit noch einmal die Fensterläden im Erdgeschoss kontrollieren ...

Das Erbe des Einsiedlers, die Einsamkeit des Wahnsinns. Hier kann ich das System sich selbst überlassen, es wächst fast ohne mein Zutun. Ich kann kaum so schnell schreiben, wie es in die Wirklichkeit flutet. Draußen vor dem Fenster schwärmen Kreaturen umher, beschworen aus den Tiefen meines Unterbewusstseins.

Ich versuche sie zu zeichnen, sie festzuhalten für eine unverständige Welt, doch wie kann ich das zeichnen, was nur in meinem Kopf wahre Wirklichkeit erreicht?

Die Wolken sind jetzt nur noch direkt neben der Sonne zu sehen. Wässrige lichterfüllte schmale Streifen. Der Rest des Himmels ist völlig leer. Die Sonne selbst ist nur ein heller Punkt inmitten der schlierigen Wolkenflecken. Manchmal dringen ihre Strahlen aber auch bis zur Erde durch, und grelle Lichter schießen wie gleißende Pfeile durch die dichte Unendlichkeit des Waldes.

Ich warte ...

Die Mechanik der Fragen

Hallo, Ralf.

Ich habe deinen Brief erhalten! Du kannst dir nicht vorstellen, wie sehr ich mich darüber gefreut habe. Ich bin so froh, so erleichtert. Seit einiger Zeit frage ich mich jetzt schon, wie ein Gedanke funktioniert. Kein bestimmter Gedanke, einfach jeder Gedanke.

Was für eine große Frage, nicht wahr? Es ist das Geheimnis der Regeln und des Systems. Gedanken, Fragen ... und unsere Gehirne. Wir müssen uns Fragen stellen wie bei einer Prüfung; das Prüfungsziel ist die innigste Erforschung unserer Seele und unseres Unterbewusstseins. Unser Ziel ist die reinste Form des Psychodramas.

Also, lass uns Fragen stellen. Wie geht es mir heute? Bin ich gut in Form? Würden solche Geräusche mich ängstigen? Habe ich irgendwelche Waffen bei mir? Und wenn ja, würde ich sie benutzen? Könnte ich es überhaupt?

Mit den Antworten auf diese Fragen fließt die Geschichte, fließt De Profundis ganz leicht, wie von selbst, sanft und problemlos. Das ist Psychodrama. Wir müssen selbst wissen, was passiert ist, und wie und warum. Die Regeln helfen uns nur dabei; im Endeffekt kommt es immer auf die Fragen an ... und auf die Antworten.

Ich arbeite mit der Landkarte, ich würfele, ich blättere durch meine Tabellen und Listen. Wenn ich auf Spuren oder Hindernisse stoße, wenn ich unbekannten Kreaturen begegne, so stelle ich mir selbst Fragen; wenn ich sie nicht beantworten kann, helfe ich mir mit dem Würfel.

Gibt es einen Ausweg aus diesem Spiel?

Ich habe mich endgültig entschieden, dir keinen Entwurf des letzten Buches von De Profundis zu schicken. Mehr noch, ich werde dir nicht einmal ungefähr schildern, was sich dahinter verbirgt. Es versucht mich mit ermüdender Beständigkeit dazu zu bringen von diesem Entschluss abzuweichen.

Aber dieses Mal werde ich nicht nachgeben.
Der Einsiedler bleibt in Brudnice.

Ich habe mich schon gefragt, ob dies wohl das Ende ist. Sieht es so aus, wenn alles aufhört und sinnlos wird? Mein ganzes Vorhaben, mein großer Plan, mein Leben? Wird nur ein leeres Haus zurückbleiben, wenn ich verschwunden bin, so wie es beim Einsiedler aus den Sümpfen war? Wird dann irgendjemand nach Brudnice kommen und diesmal MEIN Spiel finden? Es scheint, als sei De Profundis nun endgültig aus der Tiefe empor gekrochen.

Draußen schneit es gerade, nur ein wenig, gerade genug, um auch heute zu bemerken, dass der Winter schon fast wieder da ist. Der erste Schnee des Jahres fiel schon gestern. Heute Morgen lag ein wenig Raureif auf den Pflanzen, aber die Straße besteht praktisch nur noch aus Matsch, und gebrochenes Eis treibt auf den Pfützen.

Es freut mich, dass es dir gut geht.
Grüß alle anderen von mir, wenn sie nach mir fragen.

Dein Freund

Michal

Der letzte Brief

Mein lieber Freund!

Der Schnee ist geschmolzen, es ist wieder trocken, und nur einige weiß-lich-graue Flecke in der Landschaft erinnern noch an die weiße Unschuld des Winters. Es regnet, aber irgendwie ... nach-lässig?

Der Himmel ist düster, grünlich, grau und blau, nur knapp oberhalb des Horizonts hält sich ein schmaler Lichtstreifen. Die Dämmerung kommt jetzt schon früh, schon gegen vier Uhr nachmittags. Nachts versteckt sich der Mond wieder und wieder hinter den glühenden Wolken. Ich muss den Einsiedler nicht mehr spielen. Auch Phantasmagoria nicht.

Ich gehe in den Wald.
Sobald ich wieder zurück bin, werde ich dir schreiben. Ich werde dir erzählen, was in den letzten zwei Wochen alles passiert ist. In zwei Monaten sind wieder die Saturnalien; so hat es vor einem Jahr begonnen.
Es weiß jetzt, dass ich De Profundis nicht beenden werde. Außer natürlich, es ist dafür schon zu spät ... habe ich das Spiel schon beendet? Wo ist es dann? Ich meine zu wissen, dass ich all meine Unterlagen, meine Notizen und Skizzen letzte Nacht verbrannt habe, aber sicher bin ich mir dessen auch nicht mehr. Das Ende ist nahe. Ich werde IHM in die Augen sehen. Ich werde IHM von Angesicht zu Angesicht gegenüber-stehen, wenn ES denn überhaupt so etwas wie ein Ge-sicht hat. Und entweder werde ich ES aufhalten, oder ... ja, was sonst?
Ich muss die Lichtung in den Sümpfen finden. Also werde ich in den Wald gehen, nur dass es viel mehr als nur ein Wald ist. Es ist ein Labyrinth, ein kosmisches Verwirrspiel unsichtbarer Pfade und Tore, die zu ungezählten Welten und Dimen-sionen führen. Werde ich dort kleine Feenwesen treffen, zentaurenartige Pferdemenschen oder die blasphemi-

schen Abkömmlinge grausamer Götter aus der Urzeit des Universums? Werde ich große Städte in den Tiefen des Waldes finden oder wandernde Bäume? Werde ich zurückkehren?

Es ist drei Uhr morgens. Ich höre ein Geräusch aus dem Wald; ist das der Schrei eines Vogels, oder das Lachen irgendeines anderen Waldbewohners? Das Dorf liegt still und tot da. Nur der Wind hat sich noch nicht zur Ruhe begeben.

Vier Uhr morgens. Ich habe das Nötigste eingepackt. Ich warte. Wann wird diese Nacht endlich aufhören? Wann wird das kleinste Licht am Himmel erscheinen, um mir wenigstens ein bisschen Hoffnung zu machen?
Auf dem Weg in den Wald werde ich diesen Brief bei einem Nachbarn in den Briefkasten werfen. Ich hoffe, er wird ihn auch zur Post bringen. Aber eigentlich ist das ja auch gar nicht so wichtig. Ich werde dir ja sowieso in allen Einzelheiten berichten, was ich erlebt habe, wenn ich erst zurück bin.

Die Dämmerung ist da. Am Horizont schiebt sich langsam ein fahler Streifen Licht empor. Im Westen regiert immer noch die Dunkelheit, violett und blau und schwarz. Rot und Orange glühen in der Nähe der schimmernden Sonne. Nebelschwaden wabern über den Wiesen.
Ich sauge die kalte Morgenluft ein, so klar, so kalt, so rein.

Es ist soweit, ich gehe jetzt.
Lebwohl, mein Freund!

Dein Michal

2. Juli 2003

Nachwort

Es ist schon einige Monate her, dass ich den letzten Brief von
Michal Gracz erhalten habe.
Ich stand den Briefen aus Polen anfangs zweifelnd gegenüber, hielt
sie für das fiebrige Werk eines Verrückten, den ich früher als
anderen Menschen gekannt hatte, doch ich musste bald erkennen, dass
ich Unrecht hatte. Die Welt ist anders, als ich gedacht habe; es
gibt ein düsteres Geheimnis hinter dem alltäglichen Grau, ein
unbekanntes Mysterium hinter der Erklärbarkeit.
Ich habe alle Briefe Michals in diesem Band zusammengefasst, um
mich immer an sie zu erinnern.
Wer auch immer du bist, der diese Sammlung in die Hände
bekommt, betrachte sie als Warnung. Noch kann ich sie aussprechen; wer
weiß, wie lange noch. De Profundis ruft mich, selbst über die riesige
Entfernung nach Polen hinweg.
Meine Frau hat mich aus unserem gemeinsamen Haus hinaus geworfen,
weil sie meint, sie könne den Ausdruck in meinen Augen nicht mehr
ertragen. Meine Kinder haben Angst davor, mit mir alleine zu sein.
Aber ich kann mich jetzt nicht darum kümmern. Ich werde später
zu ihnen zurückfinden. Jetzt habe ich erst mal eine wichtigere
Aufgabe. Niemand hat seit letztem November von Michal gehört. Ich habe
nachgeforscht, doch niemand konnte mir etwas sagen. Die polnische
Polizei hat mir geraten, mich nicht mehr darum zu kümmern. Sie
wissen etwas, da bin ich ganz sicher.
Auf der Straße vor dem schäbigen Mietshaus, in das ich mich
geflüchtet habe, steht seit einigen Tagen ein silbergrauer
Lieferwagen; hinter den dunkel getönten Scheiben habe ich Kameras
gesehen. Wenn ich in den Laden an der Ecke gehe, verfolgen sie
mich, unauffällige Männer in grauen Anzügen, die nie etwas kaufen,
die nur beobachten.
Ich muss das Geheimnis lösen. Ich werde nach Polen fahren, nach
Brudnice. Ich muss herausfinden, was mit Michal passiert ist. Ich
werde De Profundis finden und spielen, ich werde das Buch
mitnehmen und zerstören.
Ich lasse dieses Sammelalbum zurück, als Warnung ... zumindest
glaube ich das, vielleicht locke ich aber auch jemand anders auf
den gleichen Weg, den ich seit mehr als einem Jahr beschreite.
Wenn ja, so sehen wir uns wohl auf der anderen Seite ...

Ralf Sandfuchs